樓下住個GAY

樓下住個GAY

CHAPTER 1
公寓生活

CHAPTER 2 彩虹衣櫃

CHAPTER 3

人權宣言

代序／我的徵婚啟事

陳克華

五十好幾了，孔子說的「知天命」，應該不包括知道自己適不適合結婚，適合什麼樣的對象，能不能白首偕老。

我十八歲確知自己是同志，但卅年轉眼過去了，卻還是不知道何謂「同性伴侶」。相信「門當戶對」的朋友，看和我交手過的對象，可謂橫跨三百六十五行的「百工圖」，無不勸告：何不妨從有博士學歷的開始挑起？

奈何同志身上所有挑得出的毛病或惡習，我一應俱全，腦袋算什麼，脖子以下長得像真崎航比較重要。

「性事上彼此吸引，能滿足，」我反駁：「能配合最重要！」

條件再好那話兒硬不起來，就是白搭。

身為「外貌協會」一員，我自然受大塊肌肉，豐胸翹臀吸引——如果要求這樣的身體，之外還要博士腦袋，老天爺會不會懲罰我太貪心？

而年紀差異隨著年紀增長，漸漸成為另一個重點。

曾交往過一個年紀差近三輪，我可以當他爸的年輕底滴，只交往到看第一場電影便以吵架分手收場——因為以我這樣一個老文青，怎能忍受去劇院看的是拍給智商不滿六十的人看的影片？

因此年齡限制便以差兩輪為限。

然後同樣是男人樣，我尤其受小爸爸模樣吸引。朋友們常取笑我在路上或捷運痴望著爸爸模樣的男人的蠢樣：「所有牽小孩的男人你都自動加廿分！」

此外我在意的還有經濟獨立，無不良嗜好或生活癖性，以及誠實。

此外，如果你的「粗獷雄性」魅力來自於良好持久的運動習慣，低沉醇厚的嗓音，整潔範圍內的不修邊幅，還有迷人自在的個性——我尤其喜歡一個英文形容：big heart.。

這些也都加很多分。

讀者看官們，如果讀到這裡你還覺得你會是我約會的理想人選，而且目前還是單身（這點也很重要），那不妨就將你的個人資料（附臉照及身材照）逕交二魚出版ＸＸＸ小姐收即可。

合則燭光晚餐，不合密退。

靜待佳音。

CHAPTER 1

公寓生活

一個人的早餐，

一個人上下班，

一個人上健身房，

一個人的除夕夜……

我是Gay，我沒有伴侶也不能結婚，

所以我一個人旅行，

這有什麼問題嗎？

♂ 我的前世

不知為什麼，也不知從何時起，我的身邊多了許多具備世俗無法理解的殊異體質和功能的朋友。陰陽眼，眼角餘光裡盡是異次元眾生；薩滿體質，可以和樹石鳥獸，山川日月說話溝通；他心通，為你解答人生諸多疑惑雜症；開了第三隻眼者，看得到你身上三尺遠的光和氣；至於你的前世呢？在佛家叫宿命通。

是吸引力法則的顯靈嗎？

你相信了其中一個，便一個接著一個，接連而來，像約好了似的，形成一個類似電影「變種人」的隊伍。

譬如說。

陳克華，我說了你別生氣，我看見你前輩子，是，是，是妓女……

我說：「啥？我……我……我又沒有問你。」

所以，這輩子，朋友痛苦地小心選擇字眼：你難有伴侶。

我雖未即時暴怒，但也禁不住追問：是陳圓圓還是李師師之流的嗎？他的眼神安慰我：好歹也是穿金戴玉的。

哼。我不露聲色，但心頭百味雜陳：我上輩子生活在妓院，那這輩子當醫生，是所謂「白天懸壺，夜裡執壺」？

同樣是壺，一字之差，用法不同，生命風景從此殊異。諾貝爾文學獎得主馬奎斯甚至還說：「作家最適合住在妓院裡，白天靜悄悄底可以寫作，夜晚城裡所有最有趣的人物，皆聚集在這裡。」

除了妓女，最多的說法是：你上輩子有修……，最不能理解的是這種說法：你上輩子是修得很好的和尚，所以這輩子不近女色。

我滿腹疑惑：那，我修得很好結果把自己這輩子修成同性戀？這什麼邏輯？不近女色近男色？那不是等於沒修？

近日又有最新說法，來自一位塔羅牌大師，他更進一步：你上輩子是修行人沒錯（又來了），但犯了清規（天啊，好慘，但我想我如果在廟裡，應該會好像三島由紀夫位在金閣寺喔），搞上了良家婦女（嗯，這輩子至目前為止於女性仍是處男），被逐出廟門（所以這輩子永遠都在「體制外」？），還發了毒誓（但這一段他忘了或看不清楚我究竟為了什麼）……天啊！在這緊要關頭他怎麼能忘？

我究竟對自己下了什麼詛咒？有時我不禁向朋友抱怨：怎麼每個人的講法都不一樣？朋友非常明理：因為你有許多個前輩子啊。

我心裡想的卻是：那怎麼說都不會錯囉？

但從和尚到妓女，反差未免太大。是否正如榮格所指陳的，不只人的身體是生物性的進化，心靈也是。每個人心中都居住著進化過程裡的鳥獸蟲魚，歷史地理課本裡的各色人等。而幾個最重要的影響人物，榮格稱之為「原型」（archetype）。

但無論如何，我終於明白，這輩子你想怎麼過你的一生，其實可以是你自己主導的。究竟有沒有前世，或者你知不知道你的前世，並不是那麼重要。人的生生世世太過綿長曲折，錯綜複雜，連佛陀在世時也都感嘆因果難論，不是嗎？

還是做你自己罷。

♂ 男人的副乳

曾經讀過一本醫學科普書叫《男人為什麼有乳頭？》，既然不哺乳。忘了答案為何，但很明顯與性快感有關。這就像既然不生殖，生物進化為何保留了同性戀一樣，是大自然一個難解而高深的謎。

很難忽略網路上同志討論男人的身體時，對於白襯衫下高高墳起的兩大塊胸肌上，兩粒可口巨型葡萄乾狀的「激突」的瘋狂愛慕與讚美，與垂涎。

但我驚訝發現，臺灣中年男人（尤其是不健身的直男們），襯衫底下是扁平甚至塌陷的胸，兩顆皺縮的葡萄乾旁，是一道斜斜拖向腋下的脂肪組織，正式名稱叫「副乳」。

乍看之下，一如女人老了之後下垂乳房的縮小版。

女人三十如狼，四十如虎，五十如脫水機，而男人五十後萬般垂墜而且有了副乳，像是身體先對女人投了降，繳了械。

是現在「環境荷爾蒙」太多了，造成男人精子減少更年期提早並催生了看著令人氣餒的「副乳」？

前陣子好萊塢動作片男星們流行健身，但仔細看居然也可以在他們渾身鋼鐵般零脂肪的肌肉裡，發現小小兩座乳頭下的脂肪堆積，好比幾年前的「巨石」強森，就十分明顯。比較不像副乳，倒像是所謂「男性女乳症」。要不就是男孩正值青春發育，要不就是使用類固醇。總之後者是所有身材好的男星們，身上永遠揮之不去的疑雲。

「男性女乳」還稍可容忍，有人認為還在「性感」範圍內，但步入中年而垂拖著兩條飽脹副乳，簡而言之就是「老了」，直男可能還無感，但同志看了可就嘔吐倒陽了。更糟的是最近這「副乳現象」似乎有年輕化的趨勢，夏天一到，滿街衣物少少的男人，身材壯碩手腳矯健者眾，但仔細打量，胸肌旁副乳多已隱隱浮現。

直男好友坦承為了這惱人副乳掛了整形外科，沒想到醫生告訴他不必手術：「這很正常啊……」

就跟女人有魚尾紋一樣正常，中年男忿忿地丟下一句：「就沒有人想過中年男人也是需要尊嚴的嗎？」

哀哉副乳。

♂ 一個人早餐

不知何時養成的習慣，早晨醒過來第一件事，就是在廚房裡摳摳摸摸半天，弄個像樣的早餐。

經過一夜的夜氣浸潤，偌大的房子漫著一股冰鎮的涼氣，像深山莽林裡蓄著瘴癘之氣。我必須獨力如朝陽般奮力驅散這孤獨之毒……

煮水，烤爐裡擱進凍成石頭般的雜糧麵包，一把咖啡豆哎呀呀粉身碎骨在磨豆機裡，再倒入espresso咖啡機，壓實了，高壓蒸氣過濾。旋開注水口時，一股暖熱溼氣嗞一聲迫不及待衝了出來，像機裡頭要爆炸似地。

微波爐裡烤著紫色小地瓜，黃金色的燈光曬著它橫陳噴香的胴體。瀑布般一道滾水直下沖開了麥片粥。煎鍋裡荷包蛋四周濺起細小跳躍的橄欖色油珠。

這時天光還只是微微，如張愛玲所說：沒有陽光的地方，盡有古墓的清涼。

我身體一如這還半沉睡的世界，死了般鉛塊沉重。

而廚房是我的祭臺，我祭司般團弄著火，各式各樣遠古以來的火，暖起我的心。

我心臟的位置，也正是此際這世界最需要溫度的地方……

不久陽光將一吋，一吋，極緩慢地，重新接管這原屬於他的泥土。

只是當我面對一桌熱騰騰食物舉起咖啡時，還並不是十分確定，太陽會依舊如昨日昇起。

♂ 一個人的健身房

他總是挑健身房悄無聲息的時刻出現。

小小的工作地點附設的健身房。設備陽春，唯一的優點就是用的人少。

他已年過中年，不過衣服脫了，仍然看得出昔日鍛鍊的痕跡。

只是年紀就是年紀，肌肉少了年輕賁張血脈的支撐，再發達也就像掛在骨架上的溼衣服似的，上頭蓋覆著一層老皮，垂頭喪氣地。

他通常只靜默地待在一角玩啞鈴，或站上跑步機一跑老久。目光迴避著他人，但常常偷偷瞥向落地大鏡裡的自己。

漸漸流汗，脫去了過多的衣物，手臂胸前，露出仍然羞澀的，少見陽光的，上了年紀的肌肉來。

那射向鏡子的目光會有一瞬是充滿愛戀的——慕愛著雄性的身體的自己。

有時他就偷偷對著鏡子擺起姿勢，二頭，擴背，側胸，小腿上的比目魚，從各個角度觀察自己，不時還手似不經意地拂過身體，其實是在撫摸自己，試探舉重後肌肉的飽滿度與彈性。

有時拂過乳頭，似乎興奮著，無聲地呻吟了一聲。

但大部分時間他做著伸展，彷彿一點也不在意肌肉。彷彿健身只是年輕人的時髦玩意兒，與他無關。

但他原是如此愛戀著自己。也只有一個人在少人的健身房裡的短暫時光，他可以如此肆無忌憚地與自己親密，對鏡想像自己渾身有光，肌肉發達的男神模樣。

那是自青春期以來，自有「自我形象」意識以來，祕密發展，從不被鼓勵，但終身相隨的強大情愫。

原來，他只愛著他自己。

中年以後禿了，小腹無論如何存在，但愛戀依舊，在健身房獨自對鏡的時刻，愛苗直衝雲霄，他是殷勤攀爬豆藤的傑克，終於登上肉身的天堂。

終於累了，時間到了，肌肉脹到了極致，他收拾衣物去沖澡——當縷縷熱水從陰莖狀的水籠頭當頭罩住他腦門，他彷彿全身浸在熱濺的精液當中，他怔了一下，自問：有多久不曾暢快地手淫了？

♂加拿大海關記

有十五年不曾來溫哥華了。但十五年前那次入海關的經驗仍然使我不快。記得當時海關人員一直對我手提的禮物百般刁難，懷疑其價值，以及我是否要賣掉牟利。天殺的那只是一盒鶯歌陶瓷茶壺茶杯而已，能值多少錢？

而今年——相隔十五年再度叩關溫哥華，我手提鳳梨酥，心犯嘀咕：這回又會怎樣？海關人員很年輕，西方深色臉孔，看不出是中東印度還是南美洲臉，看過我的護照和表格，一臉不悅，不客氣地用英文說：「為什麼一個人來？而且這麼久沒有來過？」

我被這突如其來的詰問怔住：一個人旅行違法嗎？而這十五年間我去了至少廿個地區和國家，卻未到過加拿大，這也有問題？

他開始以審問犯人的態度問我此行的目的，上次來所見何人，我的職業，這次要見的人是誰，什麼職業，和我什麼關係，如何認識的，然後四處挑我語病，甚至還問我是否去了西非……而且還更莫明其妙問了一個問題：「為何沒有申請美國簽證？」天啊！他難道不知臺灣護照不用美簽嗎？而且我入境的是加拿大又不是美國，為何需要美簽？

最後他把我的護照和表格往一旁粗魯地一丟，眼斜瞪著我，算是過關了？

誰知事情還沒完成，提了行李要出關，一旁有人看了我的表格上面被用紅筆不知標記了什麼，便把我叫住，又是問我：「一個人？」我點頭，他說：「請走B方向。」，前方又是一個穿制服的海關人員，東方臉孔，開口問我要名片。名片？我更不解了。如果我真的是什麼恐怖分子，這樣的詰問能有什麼效果？在臺灣印一盒名片不消數百元，頭銜自己加，有人還幾個月換一張。而我偏偏身上遍尋不到一張（有誰出國渡假會帶名片？），只得以醫院網站上可以找到我的名字過關。他最後仍然問同樣一句：「一個人旅行？」

天啊！加拿大是個什麼國家，不許一個人來旅行？我再也按耐不住，回他一句：「我是同志（I'm gay.）我沒有伴侶也不能結婚，所以一個人旅行，這有什麼問題嗎？」

他怔了一下，便放行了。

海關是一個國家具體而微的門面，而我想，再給我十五年，我也很難對這個國家有好感罷。

♂ 老男人的春夢

有多久沒做過春夢了？十年？廿年？

最近的一次也早已記不清了，是何時，夢到誰。

讀歐陽文風的出櫃傳記《現在是以後了嗎？》，很驚訝他用「千巖競秀，萬壑爭流」來形容他青年期的同性性經驗。那生命無可取代的無上快樂，當然也包括手淫和春夢。

這種貨真價實的淋漓快感，有許多人是在真槍實彈的「做愛」當中體驗不到的（包括直男在內），所以無論年輕年老，直男同志，有伴還是沒伴，幾乎人人需要手淫，需要在大腦營造一個「春夢」情境——好友小時候有一次撞見父親手淫，赫然是大白天在自家辦公室，門沒關而媽媽就在隔壁工作——可見情狀有多麼急迫。

而似乎有證據顯示，這些白日春夢還有助心理健康。稍有創造力的人，可以閉眼編造不足為外人知的離奇入勝情節和影像，而較被動的大腦，就只好求助於A片了。

多年前曾有一位未曾見面的網友來電郵告訴我，他昨晚做了春夢，對象竟然是我。多年以來一直把這封信留著，當作是對自己無上的讚美。

只是一方面不免愁悵：為什麼自己這麼久不做春夢了？是那永不回頭的青春帶走驅動春夢的荷爾蒙？還是見慣世事紛擾的大腦無法再製作更激動靈魂深處的性愛場面？

不再做春夢，是否代表自己真的老了？

新人類世代曾經告訴我，他的春夢永遠不會只是一對一兩個人，乖乖在一張床上親熱的畫面，通常多會是一群人，而且不光做愛，中途還常有恐龍闖入，殭屍追殺，外星人攪局等情節助興。純A片情節的春夢在廿一世紀必須還揉合奇幻，懸疑，恐怖，甚至科幻加暴力。顯然春夢和現實生活經驗緊密相關。人過中年不但春夢不做，連內容都嫌過時。

而我竟然像記得初戀一樣記得第一次春夢，那悸動，那惶恐，那極樂，那彷佛開悟般洞開的生命另一境界，身心靈被兩股之間那道激濺熱流貫穿，合一，忘我的經驗，誰能忘記！無怪乎詩人夏宇說：「我只想做一個毫無經驗的男人。」

重點在於「毫無經驗」。

因為第一次的春夢是永恆的。

♂除夕夜的孤獨

健美於我是一種令人不解的「運動」，原因多少在於這個「美」字——在美大解放的年代，健美的標準卻嚴苛得不近人情。

訓練也一樣不近人情——健美是條永不能間斷的不歸路。

記得一年新春假期在醫院值班，除夕夜搭捷運經過這城市的一處幽黑角落，商家皆已熄燈拉下鐵門，唯獨一燈明亮，好奇走近一看，赫然是家私人健身房，器材四散無人使用，空盪盪只有一位看來有些年紀，身形卻異常壯碩的男人仍在蹲舉槓鈴。

我不自覺走近，認出他是位頗具知名度的健美冠軍——當然，那已是歷史了。

他竟然除夕夜依然不中斷鍛鍊？

他發現了我，驚訝地朝我笑：「要來上課？」

我一時語塞，想起他曾出版一本健身書，便臨時胡謅：「我……我是來買書的。」

他笑得像個孩子燦爛：「你怎麼知道最近出了新版……」便從抽屜拿出一本，簽了名遞給我。

「怎麼樣？有興趣來這運動一下……」看得出除夕夜有人陪他在健身房聊天，他還是開心的。

這才有機會近距離打量他：平頭中年，膚色黧黑，渾身的肌肉依然雄偉，線條分明延伸到了臉上，成為縷縷深刻的皺紋。最特別的還是他的國字臉，削頰方腮，眼神靜定，頭髮豬鬃似地一根根朝天直豎，予人一種剛強堅毅的感受。

年過五十還繼續比賽？我詫異：否則，除夕夜還來健身？

一年後我在一場健美比賽又見到他，他公開讚美另一位冠軍選手是臺灣有史以來「基因」最好的。

那是我所知他最後一次參加比賽。但他公開讚美別的選手，令我印象深刻——練健美的哪個不自戀？而他竟然可以這樣。

多年後才明白，那是他健美生涯的謝幕辭，表示認老不再與人爭雄。

「但有此身在」。佛法最忌憚肉身的執著，以火焰和芭蕉來比喻人身無實，健美卻固著一個形象，用盡各種方法泥塑肉體，要肌肉像粘土般堆疊增大。只是重訓加高蛋白甚或類固醇，終究還不敵歲月侵蝕。中年後的肌肉再怎麼發達，在臺上還是不敵年輕選手。

該沒有人比退休的健美冠軍更了解什麼叫「肉身無常」吧？一個健美先生能夠在舞臺風光展示「完美」肉身能有幾年？

多年來那個在除夕夜獨自蹲舉的身影，經常閃過腦際。是貪嗔無明，執著身相？還是這樣的專注鍛鍊，也能帶來一點靈明和澈然頓悟？

♂ 單身老Gay物語

「再不找到BF，怕將來床上睡了另一個人，就會睡不著……」

他和朋友聊天時這麼說。

有意無意，說出來連他自己都嚇一跳。

回顧他前大半生，赫然「有人」的時間只是點綴——過去就像一條間隔很大的虛線，大多時候他都獨來獨往，一個人上下班，朋友找吃飯有了他就是奇數桌，週末夜永遠可以在家找到他，情人節永遠「恰巧沒人」。

原來孤獨是會習慣的。真的。

他努力上網見了些與自己年齡相仿的網友，扣掉已經有人出來偷吃的，絕大部分也都抱著「找老伴」的心態。但人人都在拉警報，卻偏偏湊不成幾對。

從前還羨慕別人穿情侶裝，逛街時也還禁不住購置了幾套，後來才發現自己傻，你怎知「對方」的尺碼。衣服在衣櫃裡放到發黃還沒穿過。

最長好幾年都沒人的那段期間，他習慣在辦公室耗到很晚，回到暗黑的家一開燈，一切如舊，下意識裡覺得安全。一張雙人大床，兩只鴛鴦枕，一只是用來抱著入夢的。朋友聚會每傳必到，吃飯唱KTV，沒有人會多算一個人頭。

漸漸他房裡東西多了起來。大多是囤些不必需品和裝飾品。

漸漸他養成手淫的習慣。並且依賴手淫。

漸漸他也不太存錢了，可能覺得反正一個人，一人飽全家飽，萬一什麼三長兩短，一伸腿就走了，也不指望有人送終。

他害怕「習慣孤獨」的背後，是對生命全盤放棄的態度。他不是基督徒都知道《聖經》上說「那人獨居不好」。

但他的努力似乎擋不住孤獨的日夜侵蝕。他交往過的幾個人，現在回想起來個性上都很難妥協，或說固執，從傢俱的擺法到洗澡水的溫度都有己見，很容易一言不和起扞格。

後來才逐漸明白，那是年齡，加上孤獨歲月對人性浸染的結果……

「我怕有一天我半夜起床上廁所，一回頭看見床頭有人睡著會昏倒，忘了自己原來有人……」

他一邊說著，一邊愈覺得很有可能。

♂ 坐在馬桶上小便

必須承認，一開始很難。

也才明白，馬桶原先真的不是設計給男生站著尿尿用的。因為很容易濺出馬桶那張橢圓形白色開開的無辜的嘴。

少年十五廿時，小便有如開關水龍頭，且噴射力強，尚能勉強避免尿液滴到馬桶邊上；隨年齡增長，特別是年過知命，突然覺得解尿收尾變得十分冗長，困難，力不從心，難以控制，惱人。往往便留下了一些在小便池外，或褲底。在公共場所的廁所往往看到莫名其妙的貼紙：請往前站一步。尤有甚者：往前一小步，文明一大步——心中暗罵：是不知道老人家攝護腺肥大尿尿就是解不乾淨嗎！再怎麼往前站也沒有用。這樣逼死老人家，才是文明倒退百萬步。

但倒是很早便習慣了坐馬桶小便。尤其是到人家家裡做客，一進入那洗刷得晶亮潔白的浴室，怎也不忍心讓自己卑賤的尿水染汙了馬桶或地板。

然而在朋友間推廣這大好新觀念，發現不過解開皮帶這舉手之勞，男生還是不免抗拒——是他們都覺得自己那話兒絕對對得準射得遠，還就只是懶？還是「男性尊嚴」不容侵犯？

女生知道我這樣做的，對我的好感度往往立刻陡增：你人真貼心……

其實內在下意識裡，這些小女生可能視男人坐下來小便為征服男人的第一步。這小小一個動作，真的有性別議題在其中？

因為同志朋友大都立刻接受了——本來同志不就都是愛好整潔，充滿品味，重視兩性平等的第三性超進化新人類嗎？

而直男大多抗拒。

「這……」直男A聽到我大力讚揚坐馬桶小便的好處後，立刻反駁：「這就好像鼓勵女生站著小便一樣，怪怪的耶。」

這一輩子可能沒有洗過馬桶或浴室地板的男人永遠不解：坐下來小便，很可能是改善為你洗刷馬桶和浴室地板的女生的關係，的第一步。

♂ 彩虹旗與海明威之間

每年五月飛到佛羅里達羅德岱堡（Fort Lauderdale），是為了全球規模最大的眼科醫學會。年復一年似秋鴻有信。今年掐指一算，竟已快廿年了。

最初只知羅德岱堡是中華青少棒得冠軍的地方，到了以後，才知道前人用「分散」（scattered）來形容羅德岱堡是什麼意思。因為除了開會所在大如足球場的會議中心之外，放眼只有直通通沿沙灘開築的一條馬路，路邊零星築起五星飯店和各國美食餐廳，五月已是避寒季節的尾聲，到處轟轟的砂石車在整理沙灘，一批批流連最後假期、曬得賊亮的半裸男女混雜其中。

一連去了幾年終覺意興闌珊，有一年忙裡偷閒，參加團去沼澤區參觀，巴士上坐隔壁一老人問我：「要去看短吻鱷（alligator）？牠和非洲鱷魚不一樣喔，牠會叫。」才想起佛羅里達有許多地區原是人工竭乾沼澤造地而成。而我對這塊每年必定造訪之地，竟然如此隔膜。只知沿棕櫚海灘（Palm beach）一路往南，盡是綠草如茵的高爾夫球場和高級渡假村，地價房價一路直飆到邁阿密的最高點，也不知近在咫尺便是鱷蟒出沒的原始沼澤，記得一年有架飛機墜入，據說無一人生還，全入了鱷魚肚腹。

而又過了幾年，才知道羅德岱堡也算得上全美幾個重要的「同志首都」（gay capital）之一，和舊金山、普羅文斯敦（Provincetown）及西嶼（Key West）齊名，也是著名的同志「愛之船」的駐泊港口。留心觀察，果然高級一點的民宿及餐廳皆懸掛彩虹旗，表示「同志友善」（gay friendly），歡迎同志前來展現龐大消費力，其間外表怎麼不起眼的店家走進去，赫然多的是同志書店、紀念禮品店及夜店酒吧。將彩虹旗及美國國旗大剌剌地一起並排懸掛的店家，相信在美國其他地區絕對少數，這裡卻處處可見。

於是某一年決定在會議結束後，和同志友人一起租車南下，直奔西嶼，探訪這位於美國東岸最南端的熱帶島嶼，同志聖地。沿途先下榻邁阿密的彩虹旅店，並在當地的裸體海灘享受半日日光浴，再一路往南開，接受那銜接著各島嶼的大橋上的大西洋海風輕拂，還有立起來有人一般高的巨大鵜鶘相隨。近一天時間，便可由邁阿密市開抵西嶼。選擇了一家外表樸簡的旅店住下，卻沒留意門口掛著「衣著可選擇」（Cloth optional）的牌子，行李放好出了房間，才發現從侍者到房客，全都一絲不掛地睜大眼睛瞪著我們——兩個衣著齊整的東方異類。兩人當下面面相覷，一咬牙，也回房把身上衣物剝個精光，再跳入泳池，沒兩三下便和所有人打成了一片。原來人類的衣服真是感情交流的最大阻礙，此次經驗便是一大明證。

短短三天內玩遍西嶼的沙灘、酒吧、海明威故居，一路上和全世界飛來的各國同志結交成朋友，最後一夜在港口遠眺古巴島，當然看不到，卻是電影《哈瓦那》的最後一幕場景。在醉人的落日下，海風溫柔拂過曬成古銅色的身體，是那一夜罷，種下了多年後我飛往古巴的另一段因緣。

6 醫學人文原是夢？——寫在死了兩位醫學生之後

近日經過醫院大廳，無意間眼角閃過幾個眼熟的身著白袍的年輕身影，記憶裡搜索一下，沒錯，是我以前在陽明醫學院教醫學人文課時的學生。這才驚覺時光飛逝，屈指一算，已經是六年前的事了，那時他們還是大一新鮮人。

而這幾位實習大夫像根本不曾見過我似地，在我面前匆匆行過，既無笑容也不頷首招呼，但有滿臉的疲倦和焦慮，一絲絲的惶惑和不耐，是初入醫院接觸臨床病人和白色巨塔裡的權力體制，醫學生「社會化」的初體驗？我頓然想起我在教課期間內心一直揮之不去的一個疑問：如何評估醫學人文教育的「成果」？如果我們真的知道「醫學人文」要把醫學生導向何處……

而這批實習大夫不正是我當年人文課程的「成果」嗎？

如果這批甫踏入醫院的實習大夫完全忘了我或當年課程內容，那麼，我似乎也只好將我的教學「成績」，自動歸零。

而更早的二〇〇一年，那時我剛從哈佛醫學院進修回臺，有位私立醫學院的院長找上我，要我去他甫上任的醫學院教醫學人文課。當時的我對這主意既滿腔熱血，又滿心疑惑——首先，醫學人文的實際內容為何？為什麼同樣是高度專業，法律系不上「律師或法官人文」，建築系不上「建築師人文」，而醫學系卻得「選修中必修」醫學人文？

莫非這又是教育部由上而下的「拿來」主義——上面說要有什麼課，學校立刻得無中生有變出什麼課。而醫學人文課程的師資從何而來？必須具備何種條件和資格？課程的核心價值和主旨方向何在？這些甚至在我踏上講堂時，都還沒有人能夠給我答案。

而自問我不過是個能舞文弄墨的眼科醫生（而且在許多人眼中還只是個「不務正業」的半吊子專業），真的是教這門課的適當人選？

也直到真正上課，才發現由於醫學人文放在全校選修（而非當初以為的只有醫學系），結果來了一群把這門課當「營養學分」，甚至是「救命學分」的各系學生，和我預想中的「得醫學英材而教育之」有極大差別，開學後又得手忙腳亂重新調整教材內容。一連上了幾學期下來，隱約知道這是教育部的「政策」，長官寫菜單，學校立刻端出菜來。而我被視為「醫學人文」的現成「標準教材」，令我一時心頭百味雜陳，因為我自從踏入醫院，我的文學創作背景就一直為我帶來麻煩，同儕長官除了冷眼白眼相待，對我只有防衛之心。我最常收到的評語是：「陳克華你文章最好不要寫到我。」這類的警告，和「你在為病人開刀時想寫詩怎麼辦？」之類的嘲諷。而我這樣一個保守封建的白色巨塔裡的「負面樣板」，如何能夠在醫學院裡堂而皇之地講授醫學人文？面對這巨大反差我只有自嘲：「不務正業」的醫生詩人終也有鹹魚翻身的一天！

而在教育部主導下，也有醫學前輩召集了各校醫學人文相關課程的老師，每個月一次週末開會，一連討論了幾個月，我的感想：對醫學人文教育的歧見，包括從上課的對象、級別，到實際課程內容，非但沒有共識，反而更加尖銳對立。有人支持人文教育就要多教些音樂美術之類的「美育」，陶養醫學生「心性」，有人則反對這樣「老師教學生抄」的人文課，並舉納粹為例：這群殺人狂魔可以一邊屠殺猶太人，一面聽華格納的音樂並品味上好紅酒，他們的「人文素養」可是深厚得很！

而我內心喃喃的獨白是：單單以「成績」篩選進來的醫學生，早已不是一張人格教育的「白紙」。從小學甚至更早的年紀，社會的價值認同和家庭的人格塑造早已接近完成，如果說我們的社會是功利勢利的，那極有可能，走進醫學院的這群學生便是這個畸形價值的基本教義派，最冷血嗜血的信奉者和集大成者。身教往往大於言教，尤其我們這群膽敢在醫學院傳授「人格教育」者，我其實最想說的是：何不從每個教育者自身檢驗起？

看看自身行醫有多少「動機」，是追隨功利主義的社會潮流和價值導向？又有多少是基於對醫學或生命本身的熱愛，而踏入醫業無怨無悔？

我終於不再加入這只有令我更加困惑的聚會。而此刻，醫學人文課程的輪廓於我卻漸漸清晰起來：多元價值，尊重每個生命的獨特性與差異性，充分了解，接受，健全並豐富「自我」。唯有一個「自我」建構得豐盛而堅實的「全人」，方能在極度消耗時間，精力，同時亦消耗生命意義的行醫生涯中，持續付出，助人，成全別人亦造就自己。

而多元價值除了有助於破除這些「從小第一名」的學生的「菁英意識」和「自我膨脹」之外，亦有助於「眾生平等」的終極就醫權理想的實踐。不是老早就聽說某教學醫院醫學中心的醫師拒絕替愛滋病患開刀？任何疾病的「去標籤化」和對待病人的「無分別心」，正是醫學人文可以著力之處。

因此我在某一學期的上課內容加強了對同性戀的介紹和愛滋病的去汙名化，並邀請幾位具同志身分的老師一起上課，之後，居然隔個暑假，學校悄無聲息地停掉了我的課。沒有任何通知，也無任何解釋。我的課就這樣平白無故從課表上消失了。

原來大學裡教授醫學人文的老師，是這樣可以「招之即來，揮之即去」的一號人物？我納罕。朋友聽了我的故事，大笑著說：「你早該知道，這樣的課程不過是學校在應付教育部，你還當真以為你鹹魚翻身啊！」

原來我們在課堂上教導學生對待病人要「無分別心」，但校方、教育部、這個社會，對你可是永遠不會也不可能沒有「分別心」的呵！醫學人文究竟是要打理想高空的煙花，還是趁早教學生認清冷血的現實？

課程莫名其妙結束了，但我心中的疑惑沒有因此消除——醫學人文教育不包括性別教育？還是醫學生不必認識自己探索自我包括自己的性取向？還是，有人可以無知到認為「他的」學生裡不會有同志？

疑惑持續到了今年五月，這當中遭遇同志伴侶在急診無法為對方簽字同意進行緊急手術的窘況，同志婚姻法被臺灣右派基督教會勢力蠻橫阻擋，也有同志向我抱怨醫護人員對他的住院伴侶無禮又歧視……終於，五月在報紙上讀到了令人震驚又心痛的一則消息：高雄醫學院一位男醫學生「情殺」了一位男同學後自殺，而真相赫然是同志情？（據當期壹週 報導）。我當時眼盯著新聞，腦中一陣眩暈：多元啊多元，「多元」二字要帶入醫學院真有這麼難嗎？充分體認並尊重每一個生命個體的獨特性和差異性，不是每位醫護人員應有的基本專業素養？沒有了這體認，再如何奢談醫學人文，終於只是一個屁，也挽救不了兩條年輕的生命……我丟下報紙一時心潮澎湃，不能自已。

記得一個秋日午後，我第一次嘗試從石牌捷運站搭陽明校車上山，依稀記得在捷運站出口斜對角眼鏡店有一站，我走近一看，果然有幾位學生模樣的年輕人在等車，我趨前向其中一位問：「同學，請問陽明校車是在這裡搭嗎？」對方毫無表情地點了點頭，又將頭轉開。我低頭看報，一會兒再抬頭，發現校車不知何時已經抵達，已經關門正要駛走。我連忙上前招手呼叫，但司機顯然沒有注意到我，車子依然緩緩駛走了。然後，我看見方才我向他詢問的那位學生的臉，出現在車窗的方格洞裡，依然毫無表情，冷漠地朝窗外注視著我……他難道不知道我也在等校車上山嗎？上車前就不能喚我一聲？

沒有。

我遠遠看著那張車窗裡年輕而淡漠的臉，隨著校車在塵囂裡逐漸遠去，終於消失在街角。

不知為何多年後我依然清清楚楚記得那一張臉。一張具體濃縮了當今功利社會的臉：自我，冷漠，聰明，勢利。

而那張臉，便是壓死我多年以來的醫學人文夢的最後一根稻草罷！

CHAPTER 2

彩虹衣櫃

從柏拉圖到亞藍．圖靈，

從佛洛伊德到三島由紀夫，

從舒伯特，柴可夫斯基到艾爾頓．強，

知不知道身邊有那麼多同志？包括自己的同事，上司，和小孩？

同性戀是「人」的一部分，

不出櫃不代表同志不存在，

只有樑木拿開眼中無刺，

我們才會赫然發現「原來同志就在你身邊」，

而且，還這麼多，這麼優秀，這麼值得愛……

♂男人，狗，和女人

非假日的早晨，和好友一同開車來到花東海岸。由花蓮市一路南下，有收費然而擁擠不堪的「私人景點」，也有一整段大好沙灘被欄杆圍起，貼著告示：整修中。尚未開放。

結果當然是，堂而皇之，翻欄杆而入，直奔那免費又被太平洋不斷親吻的美麗沙灘。

顯然，我不是唯一一個闖入客。

遠遠有一個男人，一個女人，和一隻拉布拉多犬。

男人高壯身量，褲腳捲起，露出肌肉發達的小腿，一手牽著狗，一手提著狗狗用具，女人跟隨在後。

直覺不是夫妻，但說是情侶兩人又好像隔了一層，又都有些年紀了。

我玩了水在一蔭涼處坐下休息，不一會兒他們也走過來。因為沙灘可乘蔭處只有這裡。

男人倒出了水餵狗，我們互相點頭招呼。

之後，當然就聊起了狗。狗是人類永遠的共通話題。

女人被晾在一邊，時而獨自微笑，時而低頭獨自玩沙。

男人住北部，顯然愛狗，然而在非假日，和「女友」一起出遊至花蓮一處荒僻海灘，為什麼？

明顯不過，他們中間擋著一隻狗。男人表情嚴肅，唯談起狗時稍有笑容。女人則稍顯尷尬，低頭迴避，好像是不該出現的外人。

我立刻嗅出了其中的故事。

休息夠了，狗的話題也已聊盡，我離開這片美好沙灘。兩人一狗，也繼續開車南下。

接著好長一段前不著村後不接店的路，好不容易才開到一家便利超商，已過正午，飢腸轆轆，連忙停車，衝入超商廁所梳洗一番，再買了愛吃的幾樣快食，坐在超商裡大啖起來。

誰知才不過十來分鐘，那個男人竟也出現了。

但只有他，女人和狗顯然留在車上。

他上了廁所出來，直直走向我，微笑著。是大大的笑，我詫異：是因為女人和狗不在身邊？

「繼續南下臺東？」我問。

「不了，」他說：「等下就開回臺北，明天還要上班呢！」

他的笑裡藏著一抹悵然。

「我到臺東。」我說。

他笑起來向我說bye，什麼也沒買，就這樣走出超商，走向遠遠的他停車的地方。

陽光把外頭的世界溶成白花花的一片。

我猜：他是看到我的車停在超商門口罷？還是只是尿急？

我想起那女人閃藏而刻意收起的表情。

就讓真相永遠留存在那片沙灘上罷。

當天我直駛臺東，天色未暗已經到達。

♂ 千里會網友

有緣千里來相會。在同志世界裡，真的可以這樣。千里可以隔個太平洋，而緣呢？可以只是網路上聊過幾句。

一九九七年在哈佛，上網認識學弟Frankie。他在自己網頁上貼滿半裸肌肉照，鼓鼓的胸肌絲綢般的皮膚，一臉稚氣，上頭寫滿流暢的英文，和一連串西方同志網站做連結，顯然是個愛吃西餐的臺灣酷兒。那時還沒有臉書，否則內容會更精彩動人。

半年後他伊媚兒來說他休假半年，要來波士頓找我，不過之前要在西岸，中西部，佛州，紐約，先停個七八站。

「有這種玩法？」我問。「沒辦法啊，太受歡迎，」他回答：「每個城市都有人要招待……」

他顯然自信滿滿，對於網路上西方的「稻米皇后」（rice queen）※有絕對致命的吸引力。

到了他說要來的那一天，我順利在機場接到他。一起用餐時發現他並沒有如預期的那麼興緻高昂，甚至還有些落寞。他隨意聊起前幾站的經過，還真令我聽傻了。

原來網路上那群在言語上熱情如火的西方人，到了真正短兵相接的真實時刻，有人就冷淡了下去，或龜縮，甚或避不見面，原先講好的招待行程大幅縮水，一心只想把他弄上床，而且網路的虛幻性在機場見面的那一瞬立即彰顯……大家都在網路上把自己形容得太好了，照片極度失真——而其實西方有許多喜歡東方男孩的同志，不少是齒危髮禿的老頭子。

他一站站不斷體驗到網路對他的欺瞞和人性的炎涼，有人甚至連事先講好的接機也不出現，留他在深夜無人的機場，或茫茫大雪中，更別說喝一杯咖啡或提供住宿了。

我帶Frankie循例週遊哈佛和MIT校園，發現他興意闌珊，一心只等夜色降臨，前往酒吧一遊。「哪一種bar？」我問。那時波士頓不似紐約，沒有亞洲同志酒吧。

而Frankie顯然愛吃西餐，非去白人吧兒不可。果然如我所預料，我們倆如隱形人般坐在吧檯兩個鐘頭，無人聞問。他不死心，決心往另外一家迪斯可吧兒再試試運氣。直至午夜兩點，我已睏得睜不開眼，他卻還興緻高昂，人群裡鑽進鑽出，又拿出手中另一個電話：

「我波士頓還有另外一個網友……」

他撥了電話去約他出來（這三更半夜！對方竟接了電話）顯然是宅男一枚，不肯出門，要Frankie直接去他家。

「Bye!」我送Frankie上計程車時，發現他第一次露出真心的笑臉。

直到Frankie離開波士頓繼續下一站旅程，他沒有再找過我。

※ 稻米皇后意指喜歡東方同志的西方同志。

♂ 錢潮，人潮

好友Alice的丈夫在大陸工作多年，她結婚生子早，孩子都大了，一個人閒著沒事，偶而也偕友人上piano bar或俱樂部喝點小酒散心。一日她滿臉困惑地問我：臺灣男人都哪裡去了？

平常她去的夜店，明顯地一年比起一年，中壯輩的男人愈來愈少，像她這樣百無聊賴的中年女性卻多了起來。

「你看！」她把手機湊向我：「這是Denise從上海傳給我的……」

上海的夜生活呵，她不勝唏噓。

「這沒辦法……」我安慰她：「人潮是永遠跟著錢潮走的。」

現在全世界誰不跟中國大陸作生意？

端看桃園機場黃昏後便一副打烊模樣，哪有個國際機場的樣子，便知道現下錢潮流向何方？

而那天，星期五近午夜，我前往桃園機場接國外來講學的教授。

在入境閘口處等侯時，誰知身上gaydar卻嗶嗶亂響起來。

看螢光屏幕，才知從東京，香港，新加坡，吉隆坡，甚至北京，上海，一班班飛機載來的旅客有如同志專機似的，竟然有一半是平頭，蓄鬚，肌肉熊熊，野狼族打扮，等等一眼即可辨認的顯性同志。

後來才知道他們全都是衝著臺北某大型Disco Pub所舉辦的週五夜同志派對而來。

「臺北是全亞洲最同志友善的城市！」新加坡好友興奮告訴我：「臺灣同志長得最優，pub最好玩，遊行規模全亞洲最大！（已超過東京）」

很難想像星期五的深夜，如果少了這群從全亞洲聚集而來的同志，偌大的桃園機場大廳，將會是何等的寂寥呢？

在臺灣經濟停滯不前的時代，臺灣原有優勢一一被「鄰居」們取代之際，最起碼，我們還有一項多年來在「同志與性別平權」上的努力，為臺灣帶來些許人潮和錢潮吧。這又是一項同志對臺灣經濟的實質貢獻了！

在「性別平等教育」和「多元家庭法」頻受到臺灣宗教保守團體阻撓之際，我只想對這些人說：

請不要再傷害臺灣了，好嗎？

♂ 饅頭人魔咒

當他提起我在《我的雲端情人》寫的〈兒子情人〉那篇簡直在說他時，我竟毫無警覺。

直到我發覺我們在line時，他總是愛傳一張饅頭人的圖案給我。閉眼微笑，雙拳下垂緊握，點頭如搗蒜的饅頭人……我才明白，是我們該停止交往的時候了。

不知為何那麼多饅頭人貼圖，只有那一張給我永遠長不大的兒童的感覺。

他年近五十，與母親同住，每天按時回家吃晚飯，按他的說法，晚一個小時沒回家他媽就會報警。

不知這一點為何東西方差異這麼大。記得在美國唸書時得到的印象是，年過卅還與父母同住似乎是件可恥，或至少頗不尋常的事，容易被視為loser或心理異常，變態。記得有部好萊塢電影就描述一對父母想盡各種辦法想把「宅在家裡」的中年兒子趕出去的故事。而讀張愛玲小說，中國老派父母有在家裡餵自己子女鴉片的，圖的是至少「不會出去闖禍作怪」，而且「時間到了自動會回來」，想起來不禁毛骨悚然。

但在臺灣似乎不少衣櫃同志男，年過不惑仍帶著媽媽做的便當上班，過著衣服有人洗，房間有人整理，晚餐有人打理，甚至水電房租有人代付的「與媽媽的生命共同體」的奇異生活。

更奇異的，他們一點也不以為意。

當我看見他傳來這熟悉的饅頭人貼圖，我驀地想起我曾見面過的，某一個「母親的兒子情人」，也是習慣傳送這樣一個饅頭人。沒想到一個漫畫人物，竟然真實反映出他們內心裡那個長不大的，身上糾纏著一條衰老臍帶的老小孩！

「請別再傳那個饅頭人貼圖給我！」我奮力回擊。彷彿要與這個母親競爭這個兒子似的。

但隔天我就在line上封鎖了他。
我想我已經受夠了。

♂一千圓四個

一千圓四個人。那個人在電話中這麼說。

Justin是看了報紙分類廣告。

很難想像上個世紀七〇年代，報紙分類廣告裡可以發現同志徵友（願與同性青年為友），同志G片（小馬影視），同志用品（生胸毛劑），和這個為同志「介紹朋友」的服務專線。

這麼貴？Justin那時還是學生。

但一咬牙，先劃撥了一千元過去，試試看。

那還是BB call的時代，他不久收到那個神祕客的傳呼。

「你說你要找成熟的爸爸型，現在我這裡有一個，四十八歲，住板橋，自己在開工廠，」那人描述：「不過是已婚的喔，可以接受嗎？」

Justin無奈地點點頭，心想：不試怎知道。

朋友有知道Justin在付費買交友資料的，都笑他，有人已經試過：你在這裡永遠找不到你要的人啦，你想想看，如果都撮合成功，他還做什麼生意？條件不錯的他都先藏起來……

「通常只有最後一個比較可以，他希望你續繳，前幾個都很糟……」

會有多糟呢？

Justin依約前往，見了幾個「朋友」。

最糟的一個是騎單車兜售囝仔玩具的小販，怕有七十了，一臉生活的勞苦風霜，瞎了一隻眼，灰濛濛透著恐怖的光，前排門牙只剩一顆，說話時口涎一吸一吸地，否則就淌在他骯髒的襟前。「可以與你為友嗎？」對方刻意文謅謅地說，Justin突然一陣悲哀。他從沒想過同志也有這樣的，或說，這樣的人也會有同志。

他決定去找那神祕客興師問罪。只剩下一個名額了。一千元於他不是個小數目。

Justin終於見到了這個人。

是個頗為市儈的住西門町的中年人。「你來找我也好，我正決定不再做了，」他一派輕鬆地說：錢可以部分退給你，看你還是學生的樣子，有興趣當我的下線嗎？我打算接下來做直銷……

Justin離開時，他送了他一管生胸毛劑。

他不曾再見過這個人。

♂ 通通都是假的

我發誓一開始是他一直在看我。在波士頓國際機場的候機室。

一個金髮碧眼，身高一八五，五官英俊，眼神柔和的大學生模樣的西方青年。

「這……」我遲疑著：怎麼可能有這種好運？美國東岸好像東方同志（如我）並沒那麼吃香！

他主動頷首微笑，向我坐過來：「嗨，我是Thomas，」他友善地主動遞過來他的手。才發現我們手上都提著壁報筒子，話題就從這裡開始了。

原來我們都搭乘同一班飛機先飛芝加哥再轉往佛羅里達的羅德岱堡（Forte Lauderdale），參加世界眼科學大會。我哈佛，他MIT，同是博士後（postdoc），我做眼睛的細胞生物學，他做眼球的光學，兩個看似相同相關，卻又毫無重疊的研究領域，自然有聊不完的話題。邊聊我邊懷疑：他這是在勾引我嗎？（數年後的今天才明白：所謂「勾引」這件事，在認定上是有極巨大的文化差異的。）

聊一陣下來，得知他年才廿五，住宿舍，沒有女友，每天健身。可是我一向自詡超準的gaydar此刻竟然完全失靈（也數年後才明白，所謂「gaydar」的準確度和敏感度，也有極巨大的文化差異）。他既像是gay，又像是還搞不清自己性向的年輕人，又或是抑壓太過不願面對的衣櫃男，又極有可能是gay，但還不能確定自己是不是喜歡東方人。

在白人為主流的新英格蘭區，東方同志普遍並不如西岸吃香，我也習慣了不自抬身價。而且有許多白人「稻米皇后」（rice queen）是在中年以後才「開悟」的，就像在臺灣，有許多已婚中年直男在與男人的一「砲」驚醒夢中人後，才發現自己原來喜歡男人，而且虛渡了前半生。

但我們一路聊到了羅德岱堡還欲罷不能。出了機場，自然而然相互留了名字（全名）和電話伊媚兒，相約回波士頓後再約出來玩。

會議結束後，回到波士頓也有一段時間了，見Thomas那邊沒有動靜，我興致勃勃地寫了伊媚兒去，卻被退回，打了電話，卻發現是空號，上MIT網站，卻查不到他說的那個所裡有一個人叫Thomas。

「原來……」我沉吟許久。為此。

那趟飛行，他是什麼時候決定不再與我有任何瓜葛的呢？什麼時候他決定給我全部的假資料？

他怎能這麼不動聲色？

多年後我依然沒有答案，只是偶而想起，會耿耿於懷一陣子。

♂ 我的凌良糖男友

我認識Owen快半年，他才透露他信基督教，而且是在凌良糖。

信教我沒意見。不像我高中時代的老教官，一提到基督教便破口大罵，說是「西方列強」的特務機關，專門來中國搞破壞，或做地下工作，或收集情報。中國近代以來的戰亂頻仍，動盪不安，和這些披著「神愛世人」外衣的「西方鷹犬」，大有關係。

但才和真愛聯盟對陣過，Owen他人在凌良糖我就不能不在意了。

「身為同志，」我提醒他：「也許可以換個教會？臺灣北中南，甚至東部，都有同志團契啊！」

他安靜了一下，轉開了話題。

不過他總興奮地每週固定向我「報告」，這禮拜牧師又宣揚了什麼立法院的「勝利」，又如何成功阻擋了教育部的性別平等教育課綱的實施等等。

「喔，」我總是懶懶回他：「姑且不論你那位牧師有沒有資格代替上帝發言，連你也沒聽過什麼叫「倫理式讀經」嗎？」

也並沒有因為他這類似間諜的輸誠舉動，就對他稍假辭色。

什麼時代了，就連美國「走出埃及」的創始人都出櫃道歉了……我心想：不然那就按照《聖經》，大家都在家蓄奴，繼續打壓女性，而且絕對不穿混紡的衣服好了。

「而且按照《聖經》，拜偶像的人的罪更重大不是嗎？」我無知又茫然地問Owen：「那真愛聯盟這些人連合某些一貫道或佛教團體一起來反同志，豈不是與罪人同伍？」

Owen又安靜了一會兒。

「你教會裡不會只有你一個是同志吧？」我試圖安慰他，但聽起來又彷彿是在刺激他。這個弱肉強食的時代，連教會也學會了挑軟柿子下手吧！

哥林多前書六章九至十節：「你們豈不知不義的人不能承受上帝的國嗎？不要自欺，無論是淫亂的，拜偶像的……」

而我這個「拜偶像」的，拿香拜祖先的，六個月後終於還是和Owen分手了。

♂ 四十歲的生日禮物

在哈佛的最後一年，我認識了Scott。

他在交友自介裡有這麼意味深長的一句：「I will help you to find your dominant side.」我一開始並未太注意這句話。

「生日快樂！」他打電話到實驗室來，說要送我一個生日禮物：「下班後，你五點半準時來我這兒，千萬要準時喔！」

我準時赴約，推開Scott住的那棟近兩百年古蹟的房子大門，裡頭竟悄無聲息，燈也沒開，黑洞洞地，不知Scott究竟在玩什麼把戲。

房子的格局縱深，一進是洗衣房，然後才是偌大的客廳，養著一隻幾乎不動的爬蟲。

沿走廊一個個房間深入，依序是廚房，餐廳，和臥室。臥室中央立著一尊泰式立佛，後頭有門通往一小方雜草叢生的後院，擺著鏽壞的一對桌椅。

都沒看到Scott人在哪裡。

再深入下去只有貯藏室了，可是Scott躲在貯藏室幹嘛呢？

我滿腹狐疑推開門，看見Scott用一塊布蒙著眼睛，嘴裡塞著毛巾，被粗麻繩緊緊綁在一大張鐵網上，我怔了一下，才明白是他自己把自己綁上去的。前幾天不是才聽他說上了一個日本網站學會了自己綁自己，當時還沒會過意來。

然後才注意到Scott身邊桌上一排「傢伙」——皮鞭、手銬、蠟燭、衣夾，和電擊棒。Scott做出呻吟和哀求的聲音引誘我，壯碩多毛的身軀在環環繩索緊紮下劇烈扭動著撞擊那張鐵網，發出陣陣刺耳的金屬聲。

我立在和平時完全不同的Scott面前，分明覺察內心一股蠢蠢欲動的渴望，逐漸成形，明晰，確切。「please......」Scott哀求著。

他召喚我們兩人之間一個全新的關係，而我的身體竟有了回應。

「get down on your knees......」我一手抄起那隻皮鞭，狠狠向Scott那鼓脹壯碩的胸肌上打下去，Scott哀號聲才起，我竟聽見自己的吼叫聲：「say you love it.....」

這是我收到最奇特的生日禮物了。那年我四十歲。

也可能是最珍貴的一個生日禮物了。

♂ 好樣的，Samuel！

認識Sam竟已是十五年前的事了。

那時初到哈佛，整個波士頓市新英格蘭區舉目無親，只好上同志網站認識了Sam。

Sam是新加坡華裔，兩歲來美，只能講極簡單的閩南語，年齡與我相仿，是位頗俊帥的耶魯畢業的不孕症專家。初見面只覺眼熟，和我媽這邊的親戚男丁頗有幾分神似，一問之下才知同樣來自福建泉州。

對Sam雖有好感，但也明白自己只是過客，也太了解這些早早來美的亞裔同志，通常只追求美國社會主流中的主流——也就是金髮碧眼白膚的高加索人種男友，幾乎無一例外。

有了這認識，之後兩人便成了「偶而才連絡」的朋友。

三年後回到臺北，竟然就收到Sam的伊媚兒——他結婚了，對象果然是位英俊和藹的白種帥哥Andrew，婚禮就辦在靠海的一座同志友善大教堂，從照片看，還真賓客滿堂，雙方親友全到齊了，而其中最令我感動的一張，是Sam，Andrew和Sam的父母四人合照。

「Sam的爸媽竟然大老遠從新加坡飛到波士頓來參加Sam的婚禮？」盯著這張照片良久，Sam的父母各自站在這對新人身邊，一臉幸福洋溢，我竟然哭了。

又過了兩年，再收到Sam的伊媚兒，照片裡他和Andrew兩人中間多了個一歲多的金髮白種男孩，我立刻致電：恭喜你們領養了一個兒子！

誰知Sam立刻回信：No, David is my biological son!（不，大衛是我「生物性」的兒子！親生骨肉！）

原來Sam這位不孕專家利用他自己的精子和「他冰箱裡貯存的卵」（根據他的說法），為自己製造了一個小男孩。

「過兩年再用Andrew的做一個！」Sam信心滿滿地說。

果然今年再收到Sam寄來的照片，已是一家四口——兩個爸爸，兩個男孩。

看著他們一家四口和樂融融的照片，我發現我的雙眼，不知何時又泛滿了淚水……

♂ 我不相信距離

和Warren是按摩認識的。

年過四十，有些中醫根底的他開了一家個人工作室，專作同志生意，雖然有些掛羊頭賣狗肉，但還是有些同志欣賞他的手下真功夫而上門，不求只是「雞」能保養。

和Warren熟了以後，也真訝於他的守身如玉，除了工作，還是工作。聊開以後才知道他喜好的男人是南洋型，皮膚黑黑，身材五短，有點小肚的，最對他胃口。

而他真有一個這樣的情人Andy在曼谷。

「竟已是四年前的事了……」Warren說。他和Andy相識於當地的Gogo bar，Andy從鄉下上來，在這家經營猛男秀的夜店當waiter，兩人一見傾心，Warren也立刻由飯店搬入Andy租在市區的小套房，小倆口過起夫妻一般的日子。

但Andy當侍者收入有限，Warren畢竟是觀光客，吃喝玩樂都還是花自己的錢，甚至還倒貼讓Andy陪著到處玩，直到身邊的錢花光，兩人才依依不捨道別。

Warren秀Andy在手機裡Andy的相片，果然是個質樸可愛的南洋青年，而兩人靠現代科技魚雁往返，感情竟也維持了四年。四年間Warren存夠了錢，要再訪Andy，順便也學習新的泰式按摩技術，還有藥草浴。

「這次打算在曼谷待多久？」出發前我又找Warren按了一次。Warren面對這個遠距戀情卻出奇的沉默，我也忍住我的預感不說。

這一去Warren足足在曼谷盤桓了有半年。

一年後再見到Warren他還是老樣子，只是推說店裡來了新師傅，除了幾位老客人，不太再自己「下海」。

「來，」Warren端來手機：「給你看我在曼谷上的泰式按摩課，」看完兩人沉默了。他沒有主動再提Andy，我也就識相地顧左右言他。

紐約，東京，曼谷，香港，新加坡，臺北。多少東方同志聚集在這些都會談著遠距離的戀情，大陸經濟崛起後，這城市名單又可添上北京和上海。有次在週五夜裡至桃園機場接朋友的機，赫然發現那幾班飛機坐的幾乎全是同志。

「為愛走天涯」在異性戀的世界是小說情節，於同志卻是天天上演的戲碼。而我也曾是那頻頻乘坐著鐵鳥追逐愛情的天涯客。

在Warren出發往曼谷前，我卻早已不再相信距離。我沒有勸阻Warren，這些事有時唯有親身經歷，方得領悟。

♂ 小三的最後派對

他有陣子很喜歡週末在家裡辦派對。那是在臺北同志圈還沒流行轟趴之前，還是大夥各自帶菜帶朋友來，坐下吃吃喝喝聊聊天，那種現在看來清純得不得了的家庭趴，入夜開始過午夜結束，各自散去續攤。

他和剛交往半年的Alex算是主人，整個下午都在超市和廚房之間忙，直到窗外透出黃昏的顏色，一缸雞尾酒端上桌，他們才鬆了口氣，各自在各自的浴室裡梳裝打扮，等著朋友們上門。

「歡迎你帶你的好朋友一起來！」他總在電話裡如此邀約，也算是擴展社交圈的一個方式。

果然七點過後門鈴不停大響，賓客紛紛上門，有熟人也有被帶來的生面孔。一陣哈啦簡單自我介紹，就彷彿熟得不得了。其中他特別注意到一位相貌出眾，身高六尺，氣質不凡的Tom，據說是位外科醫生。

但眾人就座後他卻發現Alex不見了。敲臥室的門，是Alex把自己反鎖在裡頭：「我身體不舒服！」他聽見Alex咕噥著，堅持只是不開門。客人一下來的實在太多，他忙著招呼，一陣子下來也就忘了這件事。

直到賓客漸漸散盡，看錶已是凌晨一時許，他收拾好家裡，尤其是那一堆鍋碗瓢盆，和幾乎塞爆冰箱的剩菜甜點，人已精疲力竭，居然倒頭就在沙發睡著，醒來已是次日近午。想起Alex身體不舒服，走進臥房Alex人已不見。

從此Alex避不見他足足有半年之久。

而誠如八卦界的鐵律所言：當事者總是最後一個知道的。半年間他漸有耳聞，那位帥哥Tom原來不是別人，正是Alex的「原配」。

「而我竟然才是小三？」他忿忿地想。

那個派對總共讓他足足吃了兩個禮拜的剩菜，混亂中被穿走一雙名牌拖鞋，家裡幾個木雕古董被撞斷手腳，進口CD有幾片不翼而飛，架上的琉璃收藏少一個。

而他成了小三。

他從此沒再在家裡辦過派對。

♂ 聞

有多少人擁有普魯斯特那根超敏感的嗅覺神經，能從一口糕點憶起「數百萬言」的前世今生？

但所有科學證據都同意，嗅覺是生物最古老的感覺器官，人類最原始的根。

而很少人理解人類整個「性」，其實和嗅覺關係密切。

在費洛蒙理論風行前，他早已在他的國中和高中男校，經過長期的性費洛蒙洗禮。那四五十具正要從「男孩」轉為「男人」的身體，如珊瑚產卵般將濃稠的荷爾蒙四處射濺，如熱帶森林裡的瘴氣蒸騰籠罩在那狹窄擁擠而悶熱的教室，從腋下，從生殖器，從皮膚，從口腔，從汗水尿液，從身體每一寸皮膚。那時的他發育得最晚，彷彿水果箱裡最青澀的一顆果子，必須要由其他早熟的同伴所散發的費洛蒙，來將其催熟。

鎮日他聞著其他青春男體的催情體味而絲毫不自覺地「轉大人」，是生理的，同時也是心理的。只是心理要比生理的步伐，來得慢上幾拍。

他不自覺被Frank——班上的體育健將，排球隊長吸引。

高大，肌肉，俊挺。還能有比這更老套的成長故事？

而他除了成績好，別無是處。

只靠著空氣中Frank的無味體味如日月精華般餵養，他期期艾艾終於走完了青春期。

上了大學後他並未終止對Frank的暗戀。

當再度和Frank連絡上，他們立刻約好了見面。

三年不見了，Frank是否英爽壯碩如往昔？

說好他去Frank的租處找他。

他早到了半小時，想是迫不及待。

想不到門是半掩的，他推門進去，空無一人但直覺上沒錯，是Frank的風格，簡單明瞭，粗枝大葉，空氣裡盡是他昔日沉醉的Frank特有的費洛蒙。那股熟悉令他悸動。

他不自覺躺上Frank的床，青春的體味立刻陣陣從床單枕頭間的深處向他襲來。

他感到一陣昏眩，手卻從被褥深處摸出了一條內褲。

他鼻子湊近內褲，深吸了一口氣，一如普魯斯特深吸了一口那糕點的香氣。

他將頭深深埋入內褲，感到眼角一股溼濡，正汩汩流動……

他沒等到Frank出現，便離開了那房間。

♂ 穿夾腳拖見網友

年過四十拉警報，不擅長時髦事物的Bruce不想一生孤寡，終於裝好了Grindr和Jack'd，正式下海碰運氣。

「年過四十還在網路上徵友的，或多或少都有些怪怪的……」那天和朋友聊天，朋友無心的一句話，卻像當面賞了他一耳光似地。

再找不到人，在別人眼中都成了中年怪叔叔了。Bruce心中犯嘀咕。

果然上Grindr第一天便叮叮噹噹，被敲得好不熱鬧，卻發現來叩門的人只有兩類：要嘛不是年紀小得他都可以做他爸爸了，不然就是擺明要約砲。

或兩者皆是。

「現在的年輕人喔……」Bruce竟一時老氣橫秋起來。

Top、btm、vers……許多西洋約砲術語他兩三下都搞熟了。

終於約了人見面，才在Grindr上講不到十句話。連他也開始懷疑自己太隨便。

但走在時代潮流的對方顯然更隨便，告訴他：「現在交友約砲，都只是動動手指頭的事而已！」

Bruce看著對方一張青春無憂又無敵的臉，知道對方正想著如何把自己身上的衣服扒光騎到身上，而他想的卻是：天啊，他的年紀竟然大對方兩輪……

不上Grindr還真不知自己老了。

Bruce發狠連續最高紀錄一個月見了十個，半年下來終於疲了。

「到後來，」Bruce向朋友訴苦：「後來我簡直成了Grindr精了，對方一來一坐下，我就大概知道對方想做什麼，見面還喝不完一杯咖啡果汁就散……」

「還有，我最恨穿人字夾腳拖來的，」Bruce牙癢癢地：「一看就知道沒有心，不在乎……」

見網友不能穿夾腳拖？誰規定的？朋友們心裡這樣想：Bruce真的老了。

這一切，還有這時代的其他很多事，不都只是動動手指按按的事？

♂ 禮物的真相

好友L送了兩盒茶葉給我過端午。

L是懂茶的人，滿屋子黃金般天價的茶收藏，都還特別交待：這是好茶！

收到這麼貴重的禮物，心中只有兩個想法：一盒給父母，一盒給情人。

而那個端午，身邊剛好，竟然，不可思議地，正好有個交往兩個月的情人Edward。

「端午要回老家過節？」我在電話裡問：「有盒茶葉給你。」

Edward特別繞了路來拿走茶葉，端午一天休假，各自度過。

時光飛逝，又不知過了多久，一天突然福至心靈，問Edward：那盒茶葉喝了沒有？滋味如何？

心想：這麼珍貴的茶葉，我可是一口也沒嚐到吶……

誰知Edward看似隨口回答：「不知啊，我也沒喝到。」

「？」我不解。

「我那天回家媽媽看到說她要，」Edward倒也老實：「就給了她。」

「那媽嚐了怎麼說？」我半好奇。

「喔，不是她要喝，」Edward說：「我媽不喝茶的，是她那天剛好要送禮，一直挑不到適合的禮物，看到我帶來的茶覺得最適合，就拿去送人了。」

Edward沒事人似地講完，我當下也沒表示什麼。

直到和Edward分手後的某一天，這件看似小事的事，才又浮出心頭。

我想當時我心頭一定滴出了血。

只是歲月的歷練讓我學會了不動聲色。不動聲色並不代表不在乎。

早忘了和Edward分手的理由——也許說得出的，都不會是真正的理由。

但千真萬確的，每當我想起這件小事，眼眶總是不聽使喚地浮出眼淚……

♂屁眼處，熱乎乎的一根肉棒……

那時臺北市捷運還沒開通，他還是大學生，卻得大清早趕第一班公車去醫院實習。

那天下班特別晚，但開往新北市的這路公車似乎任何時刻都是擁擠的。

他也真的沒經驗（而這種事又有幾個人有經驗？）。公車走了好幾站，他才發覺不知何時起，的的確確他身後有一根熱乎乎的肉棒，正頂著他股溝屁眼處。

之前他只當是車上擠，剛好有人那話兒就擠在那個位置。

然後就剛巧不巧地就，就勃起了。

多年後他才明白，這就是報上社會版常在報的：「公車上性騷擾」。但當下他只覺得新鮮。

一站站過去，車上人漸漸少了，但那根肉棒絲毫沒有要離開的意思，在車行搖晃間時而更堅挺些，時而疲軟些。

而車上人少，兩個男人這麼近距離貼粘著，實在啟人疑竇。就在他實在忍不住想回頭看看這人的臉的時候，他居然移動了，拉了下車鈴走向車門。

是個再平常不過的一個中年人，中等身量，蠟黃的一張臉上架著眼鏡，他臨下車前居然還回過頭來——他立刻明白了他的意思。那目光裡滿是邀請。

他立刻也跟著下了車。居然。

他們在一間幾乎毫無任何擺設的空蕩蕩的公寓房子裡做了起來。一個陌生的在公車上性騷擾他的男人。

多年之後回想，他還是不能理解他這麼做的理由，彷彿要幫助完成一樁罪行似地，這當中並沒有任何一絲勉強。

他離開時中年男人正熟睡著。他在天剛露魚肚白時走回到住處，兩人住處相距並不遠。

和那個男人做愛的感覺他完全忘了，像要徹底遺忘曾有的羞恥似地，他知道在幽深的潛意識裡，一定還有更多他不能解釋，或不願面對的祕密。

♂ 同婚記

他和James是在部隊認識的。

James是醫官他是兵。望著James揹著值星帶帶部隊喊口令的英姿，他深深為James的俊美帥氣，義氣凜然傾倒。平日長官部屬，放假兩人一起住進摩鐵路，血氣正旺地做愛做到身心靈合一，體液不剩一滴。

兩人先後退伍，他回中部老家幫忙，James進入北部某大型教學醫院接受住院醫生訓練。日夜繁忙，兩人見面次數少了，他偶而在James的醫生宿舍過夜，James經常抱著他在做愛半途沉沉睡去。他看著James年輕又愁勞的面孔，內心只有無盡的憐惜。對於James是他今生唯一的男人這點，他已毫無疑問。

只是第三年住院開始，他敏感地覺察到James在疏遠他。James因為是讀醫學院，入伍便大他四、五歲，屈指一算，早已過而立之年，正是被家裡逼婚的年紀，何況又是長子兼長孫，James嘴裡不說，但看他每次從南部老家回來那副眉頭深鎖的模樣，他便隱約猜到了怎麼回事。

有次兩人在醫院宿舍聊天至深夜，James從抽屜裡拿出幾張女人的照片，問他：「你看哪一個比較好？」一張張不是空姐就是音樂老師，個個巧笑倩兮千金樣，他眼眶一熱：這種事還要他替他拿主意？

James在第四年住院考過專科醫師後便結了婚，也隨即在南部老家市區開了診所。「多麼老套的故事……」他想。James沒發喜帖給他。

這樣就算是分手了吧？他惘惘了四年才鼓起勇氣又打電話。

「診所打烊後過來吧！」電話裡James聲音聽不出情緒。

他到時診所燈都熄了。他按下門鈴，在鐵門從裡頭拉起的那一瞬，他又見到了James，臉埋在黑暗裡。

四目相接，他覺察James在抬眼看他的那一瞬間快速老了下去。真的快速老了，才四年。才眼前這一瞬。

「誰啊！」後頭James太太喊。

「以前當兵的老同事。」James回答。

「不進來？」

「不了，就是來看看你。」他舉步艱難。

「就在這裡過夜吧！」

他搖搖頭。他們站在一個崩毀的世界的屍體上，兩人沒再說什麼。

有那麼一瞬，他們都明白：真的回不去了。

♂小爸爸的天空

原以為只有自己有這種想法，和朋友（從同志友人到女性閨蜜）聊天時才發現，大家的答案竟然相當一致：什麼樣的男人最吸引人？

答案是：身邊帶著個小孩的男人。

至於原因分析起來，便有些複雜了。放出作家直覺和有限的心理學知識，可能的背後心理包括：第一，因為是個給得出愛與照護的男人。站在種族繁衍的進化立場，起碼有生育力的女性們會覺得這樣的男人可靠，可以給下一代生存保障，可嫁堪嫁，自然覺得有性吸引力。

站在同志立場，因為沒有生養後代的「偏見」，審美上更客觀——這樣帶著小孩的小爸爸，在親子互動間似乎有種特殊的荷爾蒙（或說chemistry）在分泌，一如親自哺乳的媽媽體內會產生泌乳激素般，帶小孩的爸爸身上也洋溢著一種健康柔和的氣息，溫柔而又不失男子氣，讓女人和同志一同著迷。

第三，就心理學觀點，我們這一代五、六〇後出生的小孩，普遍和父親親密感不足，潛藏的戀父情結或對父愛補償性的投射，會覺得小爸爸性感，甚至原生家庭破碎（父母離異或家暴）的心理糾結，使得表現出父愛的男人竟然對成年男女，同樣也具性吸引力。

記得七〇年代臺灣曾上映一系列《帶子狼》日本電影，故事描述一位日本武士帶著稚弱小兒四處躲避仇家追殺，流浪冒險，電影本身平凡，卻對我有著致命吸引力，極有可能和童年父親長時間離家有關。每當聽到北島三郎那厚實又帶著幾分哀傷的「大叔嗓」，唱起那伴有男孩童聲的主題曲時，往往還熱淚盈眶。

尤其醒悟到自己在一次次幾乎已成固定模式的破碎戀情中，自以為給出了真愛，而其實只是在尋找「父愛的補償」時，便又一次從這自我欺瞞的愛戀裡看見，兒時熱切盼望著的父親工作回家時，溫柔的身影……

♂ 新生

武大郎玩夜貓子。什麼人玩什麼寵物。

現在要了解一個男人，最快又準確的方式，就看他擁有什麼樣的寵物，如何對待寵物。曾經問我的美國前男友（在大學文學系擔任系主任），為什麼那麼多人懷疑海明威是同性戀？海氏可是上山下海打獵又當兵呵。他只回答一句：因為他養了一堆貓。

而我是愛狗又不敢養狗的那種人——自己都養不好了，還養寵物？

但一個月前忍不住向健身房管理員要了一隻魚。就從附近水溝撈起來的大肚魚那種。

我看他養在大陶盆裡，似乎根本沒在照顧。

「這種魚隨便養隨便活啦，他們本來就活在爛泥髒水裡啊！」他說。

衝著這句話，我用喝過的紙杯盛了一尾看來才出生不久的小魚回家。

小小一尾，幾近透明無色，可以看見臟器。的確是平淡無奇。

一個月後朋友來家裡，竟然指著魚大叫：「肚子那麼大，是快要生小魚了！」

「少沒見識了，這種魚本來就肚子大，」我白他一眼：「而且就一隻，怎麼生？」

誰知當晚魚缸裡便出現了幾十隻更小的小魚。隻隻活靈活動，精靈般發著星星一樣的光，大頭小身軀，挪移飛快。

「天啊！」我是又驚喜又叫苦：「怎麼這麼小的魚就會生？還是卵胎生？」

連忙又去店裡買缸買網，把大小魚分開，怕小魚會被大魚吃光。

然後下班回家後往往可以痴痴望著缸，久久忘了時間。

然後才驚覺，這房子我住了廿多年，是第一次有新生命降生在這房間裡。

像我這樣中年同志一枚，無伴無子嗣，對小孩也素無好感，居然在年過知天命後，會對著一缸子水溝裡可以撈到的尋常小魚，感嘆生命新生的神奇。

每次聽到有人指責同志不生小孩，心中自然便有聲音回答：但同志可以養育小孩啊。

大自然進化保留了同志，無非是因為某些事，只有陰陽兼備的頭腦才能完成。從柏拉圖到亞蘭・圖靈，人類沒有了同志，文明怕倒退幾千年。

「加油！要好好活下去！」我對著小魚說。彷彿對著全人類說。

♂ 樓下住個gay

年過五十，更年期抑鬱，被丈夫拋棄，被子女嫌棄，無止境發胖，加上死了一條狗……，還有什麼可能比現在的她更糟的？

有。

最近她發現四樓住的那個單身醫生是個gay。

怎麼發現的？因為那個死gay把「婚姻平權」（Legalize Gay Marriage）的貼紙連同彩虹標籤貼在他家門口。

唯恐天下人不知道他是死gay？

同性當然不能結婚。她抓了抓肚皮上成餅成餅的痱子……一九六七年美國要通過「跨種族婚姻法」時，教會就曾極力反對，為什麼？因為如果白人可以娶嫁黑人或黃種人或亞洲人，這還得了，「將來人類就會娶猴子」。果不其然，四十年後連同性戀也敢肖想結婚，這如果通過，將來人類恐怕都會和動物做愛吧！還是《聖經》講得對！她想起得趕快告訴牧師這個好主意，將來在印傳單時就用「同性婚姻等於鼓勵獸姦」當作標題。

去年在電梯遇到這個死gay，他竟然還敢逗她的狗玩，她立刻逮到機會攻擊：「對不起，我們家的狗只和公狗玩！」

公車上遇到這個死gay，她會假裝要下車經過他身邊踩他一腳。

可是這死gay毫不知收斂，竟然還把「婚姻平權」的標籤貼在樓下信箱上。

Legalize gay marriage.

這死gay究竟還有沒有一點羞恥心？是父母早死嗎？沒有人教養嗎？

牧師安排教會弟兄姊妹輪班打電話去推動法案的立委辦公室搔擾。她第一個舉手，反正閒著也是閒著。

最近還有喜餅店的廣告竟也支持同性婚姻，她也一馬當先打電話去抗議。

絕對不允許人類將來走到獸姦這一步。

她偷偷撕下信箱上「婚姻平權」的標籤。

她突然想起她自己破碎的婚姻。一個異性戀男人。而她多久沒有男人了？

但她不允許任何兩個相愛的人走入婚姻。

不允許任何人得到。

她撕下那個死gay信箱上的標籤時這樣想：我沒得到幸福誰也別想得到。

♂兩個和尚在旅途

臨時他朋友爽約，他獨自上了同志愛之船（gay cruise），從聖荷西往北，沿美洲西岸上行至溫哥華。一個星期的海上生活，主辦單位精心設計了種種同志喜歡的交誼活動，他卻因為好友缺席，而顯得落落寡歡。尤其在一群群成群結隊而來的同志之中，雙雙對對的同志愛侶面前，個個迫不及待脫個赤精大條的西方銅亮肌體的視覺盛宴裡，他自覺到自己的格格不入。下意識地尋找「同質」團體，他第二天立刻發現了船上另外兩個東方面孔。

兩個氣質相仿的中年人，頭髮剃得極短，怯生生地學西方同志脫了衣服在甲板上吹風曬太陽，露出一身經年不見天日的白皙肌膚來。

他百無聊賴中上前搭訕，對方英文爛得可以，一逕尷尬地傻笑，雙眼瞇成一線。

「no English......」兩人同時步調一致地搖著頭，像心意相通的雙胞胎。

好不容易才搞懂他們來自南韓，生平第一次出國，也第一次參加這種盛行於西方，但亞洲少見的同志愛之船。

這兩個韓國人顯然是一對同志愛侶，但……他想：無論如何身上透著一股古怪。他想起在臺灣認識的一對已婚（和女人）中年同志，兩人因參加某心靈成長課程而結識，成為愛侶，從此加入這課程的工作成為工作人員，一起四處旅行辦活動和演講，兩人經年出門在外工作也相當於同居，同時也躲過妻子的猜疑和耳目。

這兩個韓國人就給他這樣的感覺——除了語言的隔閡，他們顯然還隱瞞著某些事情，他直覺地以為。

三個亞洲人在一船歡樂放縱的西方同志狂歡節裡，畢竟還是結成了一個小團體，英文再不好還是聊開了，放下了戒心，他發現這兩個男人還蠻幽默的，最後一天還告訴他一個天大的祕密（於他們）：他們是同一座寺廟裡的和尚，是「師兄弟」。

他們在溫哥華互道珍重，他望著他們陽光下亮閃閃的兩顆相似造型的頭顱，心中滿滿的訝異。

「還有多少同志躲入了宗教團體裡？」他納罕：不像天主教神父的同志文化廣為人知，沒想到佛教僧侶中也多有？

讀三島由紀夫小說多的是寺廟裡「大和尚『欺負』小和尚」的情節，其實並非虛構。據說寺廟的「男風」是當初空海和尚從中國唐代的長安帶回日本的，在一切皆「制度」化的日本成為寺廟傳統，稱為「稚兒」，這些寺廟裡收進來「服侍」和尚的小男孩，日後竟也有成為「大師」的。

「祝福你們……」他默默地，發現眼角溼了。

♂ 會說天語的小孩

Boki是有人又跑出來打野食的。

我們初次約在泡沫紅茶店，他如天使一般出現，整個店裡彷彿立刻有了光。一張未經世事的娃娃臉，身材是那種不必太過鍛鍊就肌肉發達，骨架粗壯的得天獨厚型。

他先是天使一般笑著承認：他是有固定伴侶的。然後更糟的，才陸續吐露：他沒有工作一年多了，吃喝拉撒睡全都靠他——B，所以那意謂著：他根本沒有分手的本錢。除非你願意養他。

我起身幫他付了紅茶的錢，兩人回到我的住處大戰三百回合。

如果Boki是天使，那麼和他做愛便是像置身天堂了。

我想，我大概是愛上他了。

請他吃飯，幫他付車錢，買早餐和小禮物，從此成了例行。

「何不找個工作？」有時我點他。

「我曾經有個還不錯的……」Boki說出令我驚訝的過去：他曾在教堂工作。

那時他被朋友拉去信教，不料初進教會，牧師帶領祈禱時，他竟然不由自主地口出一種奇特的語言，連他自己也聽不懂，而牧師卻面露驚喜之色，說他說的正是「天國的語言」，天語。

於是衝著他這少人能理解的天賦，牧師給了他一個教會裡正式的職位，而且重要的，是「有給職」。加上他的年輕，教會的資歷全無，這份他生平第一份工作立刻給他帶來無止境的災難。不是有句老話，一座小小教堂裡的權力鬥爭的慘烈，絕不亞於一個國家的國會殿堂。

很快不到一年半，他就被逼著離開了教會，同時，他也離開了他的信仰。

自此他不曾再工作。

「反正我lover會養我……」Boki一臉無所謂。

而我忍不住沉吟：等於被包養還敢跑出來偷吃，這算什麼？我又算什麼？

可望著Boki那張無法抵擋的笑臉，我彷彿在測試自己包容的極限。

「我下個月去日本開會，」我說：「要不一起去，我有雙人房？」

「那我的機票你出？」Boki一臉認真不像開玩笑。

我從此沒再和Boki連絡。

抱歉，Boki，我想機票就是我的極限了。

♂同志佛具店

Chales年逾不惑那年竟然辭掉了穩定的工作，在臺北市中心精華區開起了一家佛具店。早知道他信佛信得虔誠，但不知他早有此打算。

但在他的密宗師父來他的店裡為他祈福作法一次之後，便也再少搭理他，也未帶來任何客源。臺灣三步一家佛堂五步一座廟宇，竟然他的店可以一星期賣不出一包香。

「或許是因為金融海嘯的關係？」我問。順便點化他開店的時機歹歹。

望著他一屋子滿滿的唐卡鈴杵，神佛菩薩，我們兩人都無言。

有謂窮則變，Charles店週圍多的是類似的店，經常可以看見雙雙對對的同志小熊一起在店裡購買唐卡或檀香，而Charles正是不折不扣的追熊族，我見他看得兩個眼珠子都快掉出來了，偏偏就是沒有半個同志上門。

「我才參加過幾次密教的法會，哇，好多是同志喔！」我不禁獻計：「何不在同志網站上刊些訊息？」誰知Charles白了我一眼，不發一語。

「嫌同志網站不清淨？」我問。他勉強點頭。

我立刻搬出我肚子裡所有的佛學知識試圖說服他：菩薩渡眾有無數化身，總不離善巧方便，隨順眾生的原則，同志當中有人信佛，自然會有同志菩薩！在同志網站上登個佛具店廣告，是哪一點玷汙了佛？

只是我的幾番唇舌並無法動搖他半分。

生意清淡太久，倒是他自己先守不住，在店裡沒事上起網來，認識了一大票「同樣很閒」的同志，其中大部分是金融海嘯中的失業者，一回去他店裡竟遇見一大群失業同志泡在他店裡，喝茶聊天打屁，說的盡是沒營養的同志話題。

「這樣滿屋子同志就不會辱沒了佛門？搞不懂你這下又沒有分別心了。」我沒給任何人好臉色，只丟下這句話走人。

後來連隔壁勢利的精品店老闆都酸他是「聚了一屋子窮鬼」。

在世界經濟普遍不景氣的年代，各行各業無不想盡辦法要賺不婚不子，消費力強的同志的錢……，「而你究竟是在做買賣還是在開寺廟？」我有次在電話裡一時氣憤這樣質問。

Charles的佛具店終於收了，為期不到兩年半。

之後不再聽Charles聊起他的信仰。

♂ 按摩師之戀

「你知道，按摩按得好，」Thomas說：「比做愛還要爽！」

是的。哦，是嗎？

臺灣同志圈早已流行色情按摩，真的腰酸背痛找盲人師傅，精蟲衝腦找同志師傅。

「今天要不要『機（G）能保養』？」每當按摩到一定程度，同志師傅便要這樣問，意思自然清楚。但也往往止於師傅用手為你打出來。但，如果兩人因此擦出火花呢？

Thomas雖然年輕，但好此道已久，加上經濟有成，負擔得起，久而久之，居然有了癮頭。

近幾年尤其如雨後春筍般，同志按摩店一家一家開，競爭激烈，企業化經營，可以先上網瀏覽師傅照片，挑中先來電預約。

他一眼便相中了Ivan。

除了身材好，臉孔清秀，很難相信Ivan還一臉笑容陽光到令人無法抗拒。是職業性笑容嗎？Thomas無法分辨，反正就選中他了。

到了店裡果真Ivan無可挑剔，胸肌腹肌完美，事業人魚線深邃，胸大臀翹，尤其笑得燦爛，在一群師傅間就數他預約得最滿，人氣最旺，業績衝得最高。

兩人很快便進入「機能保養」階段，但Thomas習慣性地很難用手打出來，Ivan努力了半天，Thomas 憐惜他這錢不好賺，便要Ivan轉過身去背對他，他把他那話兒讓Ivan夾在兩條大腿中間，試著要出來。不料Thomas實在太過興奮，那話兒抽抽插插一陣，竟然一剎那克制不住，就進入了Ivan體內。

Ivan叫了一聲跳起來，衝進別的房間，再進來時臉上陽光般的笑容已不見，幽幽地說：「你跨過了那條不許跨過的界線了……」

Thomas也知錯，道歉之餘結帳時包了一包紅包給Ivan，之後又找了Ivan按了幾次。直覺Ivan有些喜歡他，便留了手機。

今晚陪我好嗎？

Thomas發了簡訊給他。Ivan如期出現摩鐵路他房間門口，兩人相對默默。離開了那職業性的空間，彷彿得一切從零開始。但兩人只是並肩躺著，心裡同樣想著：又要再跨越那條不許跨越的界線嗎？

Ivan抱著Thomas漸漸睡著了，按摩按了一天，累了。但Thomas清楚感覺Ivan的心門也漸漸，漸漸地闔上。

明晨Ivan又將展現他陽光一般的笑容……

♂ 出櫃永遠出不完？

好友也是公開出櫃的同志牧師歐陽文風，喜歡勸人出櫃。在許多公眾場合，大談出櫃後的他如何如何。總之是好事一件。

而一旁的我呢？我也出櫃了啊。我卻不覺得我可以有資格告訴別人「應該」出櫃。個人生命故事的抉擇，我一向只分享而不指導。

最主要出櫃本身不像演員上臺，可以姿態擺好，燈光齊備，只待鑼鼓一聲響，風光亮相。

大多時候還一個踉蹌，眾目睽睽下跌個大跟斗，場面完全失控，如何收拾善後，是對出櫃者IQ、EQ和抗壓性，絕大的考驗。

而出櫃也絕非就臺上亮相那幾秒鐘的事，香港女詩人游靜說得好：「出櫃以後，就會出櫃一直出不完！」

身邊的相干及不相干人等，最喜歡的就是把你重新塞進衣櫃裡，再「出」一次給他們看。

爸媽反應怎樣？工作上會有妨礙？有人當面給你難堪？走在路上會不會被認出來？也沒想想我寫〈肛交之必要〉已是超過廿年前的事，〈我的出櫃日〉也已七、八年。即使還有感覺也早在嘴裡一遍遍講得生銹了。

後來我學乖，在大學上課時開宗明義第一堂，便要對學生宣佈：「老師是公開的同志喔。」消息在學生嘴裡傳得最快，不是嗎？

望著臺下一屆又一屆的學子，不同臉孔卻同樣發亮起來的眼睛，內心不禁暗罵：校園裡的gay老師是都死光了嗎？要我一人每年重複這看稀有動物似的儀式？

同運雜誌來訪，媒體做專題，題目內容很難翻新，繞來繞去又得回到出櫃這件事情上。

今年我終於同意歐陽文風的鼓吹行動，犬儒地心想：如果再多幾個人公開出櫃，或許就不必像現在這樣，老是出櫃出個沒完沒了！

♂ Gaybar裡的神父

在上個世紀八〇年代，臺北六條通裡曾經有個著名的同志酒吧叫「名駿」，那時還在唸醫學院的我，曾在那裡看過他。之後才有「柴可夫斯基」，接著才有所謂「Funky」。我也都陸陸續續看到他。

身高逾一八五，白人，俊帥的外型，在燈光幽暗的酒吧裡，依然引人注目。眾人竊竊私語中，他在酒吧裡怡然摟著他的臺灣男友David，有時神父脖子上那圈白硬領子還沒來得及拆掉。

沒錯，他是位如假包換的神父。

那時他還很年輕，派來臺灣不到半年，他有一次週末下午經過臺大校園，一眼便被那一群群在烈陽下揮汗奔跑，打著赤膊打籃球的東方男孩所吸引。他瞋目結舌呆立在球場邊半晌，自此生命打開了另一扇門。

無毛光滑的年輕亞洲男孩肌體，曬得黝黑發賊光，從此便成了他的基本「擇偶標準」。

而他的男友David便完全符合他的東方情慾癖：一身結實鼓脹的肌肉，V領T恤露出深長事業線，臉孔是長年在白沙灣曬出的古銅膚色，海軍短髮，在酒吧裡笑起來，老遠都看得見一排牙齒森白。

如此惹人羨妒的一對呵。

之後我便少去同志酒吧了。但那神父配少男的形象實在印象深刻，多年以後仍存在腦海裡，熠熠生輝。在看電影「神父」時，便又複習過一遍。

今日的網路時代令神父的「同志現象」更加無所遁形，youtube裡更多的是拍案驚奇的「深入報導」，逼得教廷不得不屢次出面回應。據美國一項調查，神父的同志比例約二〇至五〇％，為何這麼高得離譜？而天主教當局屢屢祭出不合時宜的反同志立場，又是情何以堪？

去年在德國駐村，知道了德國至今還對人民課「宗教稅」，以補貼教堂普遍的收入不足。這其中，是否包括了神父的養成？

而身為神職人員，面對神，還是面對自己，比較需要勇氣呢？

而有這麼多同志選擇了宗教這條路，答案顯然已經很清楚了。

♂ 穿褲子做愛

他第一眼就被Frank登在同志報紙上的徵友廣告所吸引。

足球運動員。蓄髭。體毛濃重。中東血緣。六呎高。體重近兩百磅。喜歡亞洲男性。

任何亞洲同志大概都抗拒不了這有如A片男優般的自介。

打了電話過去，他才發現報紙底下還有一行小字：穆斯林。

登時心頭掠過一陣陰影，但已太遲。想起網路上流傳已久的照片，兩名未成年的中東少年因為相愛而被當眾處以吊刑。

Frank一個星期後開了一個多小時的車來波士頓找他，兩人初見面，他只覺Frank對自己的形容大致無誤，只是本人大約足足小了3號，也沒那麼肌肉男。

更奇怪的是，Frank上半身套著陽剛味十足的足球夾克，下半身卻穿著一件貼身緊綳的天藍色舞蹈韻律服，正閃閃亮著彈性尼龍的光澤，將臀腿的曲線暴露無遺。

「滿意嗎？」Frank將兩手一攤，挺直腰桿，滿臉自信的笑容，像舞臺上亮相的演員。

他暫藏住內心些許的失望，靜觀其變。

終於到了正式上床的時候。

他脫光了在床上等了許久，Frank好不容易從浴室走出來，卻仍穿著那件藍色緊身韻律服。

「這褲子，」他遲疑：「不脫掉？」

「不了。」Frank直接跳上床，然後也不管什麼前戲愛撫，便硬生生壓在他身上，下體隔著那層緊身褲，硬邦邦地上下磨蹭著他的下體。

他怔住了好一會兒，才回過神來，意識到這情況之荒謬。但要挽回為時已晚。Frank早已壓得他動彈不得，而上上下下沒幾回，便已進入高潮，很快興奮呻吟而射精了——射在那件娉娉婷婷的緊身褲子裡。

隨及Frank像變了個人似地套起了一件西褲，話也沒說，逕自開車走了，從此沒再和他連絡。

他對這樁沒頭沒尾的約砲事件足足沉吟了數月，才勉強得出個可能的結論：雖然Frank久居美國，但畢竟是穆斯林，也許於他而言，沒有脫掉褲子，就不算真的「做愛」？就像柯林頓說口交不算是「性愛」一樣！

♂ 7-11之戀

應該很少有人去Seven買個東西卻被「煞到」的經驗罷？

我就只是去買杯咖啡卻從此欲罷不能。

那個帥帥滿臉鬍鬚渣渣的店長，打籃球的身材配上無比溫柔的眼神，卻總是從我手中接過鈔票後流利地遞回發票和找零，頭抬也不抬，正眼不看我一眼。

我密集光顧那家Seven直到這位帥店長消失為止。

兩人從沒交談過半句話。

我悵然若失了一陣子，直到兩年後這位帥店長奇蹟式地出現在我的門診。

「眼球受傷了？」我問，強壓住快要蹦出嘴的心臟。

他涕淚縱橫地點點頭。

他早上騎摩托車時異物飛入眼睛，順手一抹，傷了眼角膜。

而他顯然一點也不記得曾經有我這麼一號色瞇瞇的顧客。

現在他改行送快遞。

我立刻要他住院治療。

每天早晨查房時，我從未如此，手舞足蹈，渴望在診間裡見到我的病人。

當我手指輕輕撐開他眼皮檢查時，我發覺我的手微微顫抖著。

裝作閒聊邊打聽，知道了他已年過四十還單身，一個人和媽媽住。我一面聽一面心裡gaydar嗶嗶作響，只覺他的「同志指數」簡直就要破錶……如果這樣還不是gay，要怎樣才是？

當他出院那天我簡直泫然欲泣，交待他一定要按時回診。

一星期後當他出現門診，一身快遞員亮眼的「勁裝」叫我幾乎昏倒——終於知道為何同志A片會那麼演了——是哪家快遞公司的制服這麼催情？

又過一個星期，我偷偷抄下他留在病歷上的手機號碼，再花兩個星期醞釀心情，鼓足勇氣，撥了手機給他。

「喂，」電話那頭傳來他那純男性低沉的嗓音。

顯然他沒有聽出我的聲音。

我按住話筒，從所未有地，深深深深地，猶豫了。

♂ 愛上直男大悲哀

他在James工作地點的對面大樓上班。

中午休息時間曾經在電梯裡幾度四目相對。他一眼就被James深深吸引。

他一向擅於搭訕，此際竟也辭窮。

但畢竟近水樓臺，兩人還是認識了。

James是屬於年輕可愛型，身高還不及一七〇，但骨肉亭勻，毛髮茂盛，一臉鬍渣刮得鐵青，笑起來還不脫稚氣。

他內心暗自為他瘋狂。

「可是我不是gay耶……」James一眼便看穿他。但依舊和他聯繫密切，有意無意地給他一點「好處」。

而他總還保持一線希望，報上不是刊載有人一覺醒來發現自己是gay的故事嗎？

他甚至還去當了James的婚禮伴郎。

James結婚前後都向他借錢說是要做生意，他七折八扣借給他，連借據也沒向他要，打心底這些錢從沒想要他還。James先是答應從他薪水每個月分次償還，但只維持了幾個月便沒了下文。

幸好金額並不大，但借的次數多了，倒是James的老婆私下勸阻了他：James根本不是塊做生意的料，錢在他手上永遠只出不進，有去無回。又，誰曉得他不是拿去賭掉了？

James夫妻倆感情不睦，終於以離婚收場。他僅守旁觀者的分際，但James的離婚，還是讓他重燃起一絲希望。

掐指一算，認識James竟已七年了。七對他是個神祕的數字。七年來他因暗戀著James竟也一直單身。

兩人再碰面，James也沒再提還錢的事，兩人只是喝著咖啡言不及義。

「這七年來，」他終於鼓起勇氣：「真的沒有喜歡過我？」

避開了「愛」這個字，他覺得自己好低下。

「沒有。」James截釘截鐵。

原來他愛上一個絕對沒有可能喜歡男人的男人。生命裡對男人沒有一絲轉圜或曖昧空間的直男。

第二天他收回了對James的愛，重新踏入了同志圈。

七年，於他夠了。

♂ 水手愛歌

那時他還不滿廿，跑船生涯的第二艘船。

卅年後的他依然清晰記得，兩人相逢的那一天，船正泊在大阪港口接來自臺灣的船員上船。

他倚在船舷上，遠遠望見一位英挺健碩的中年人，整齊油亮的西裝頭，〇〇七手提箱，黑頭皮鞋，神采翼翼地立在登船的隊伍中，顯得如此出眾。年輕的他心中隱然一動。

原來他是船上大副。

副爺，他這麼叫他。很快知道了副爺的身家：已婚，育有二女，實際年齡四十六，一個風華正茂的中年男子。

雖然同在一條船上，兩人卻少有交集，令他輾轉難眠。有時副爺值夜，他會上到輪機室陪他聊天吃宵夜，經常聊著聊著不覺已是天露魚肚白，他就睡倒在他身邊沙發上，也一夜無事。

久了副爺也真的比較照顧他，許多水手需爬上船桅處理的苦差，或較具危險性的任務，甚或是會搞得一身髒的工作，也都事先替他擋掉了。

而這些都還在正常情誼範圍內。半年過去，兩人什麼事也沒發生。

副爺人在房間裡時，門永遠是開著的，他每次經過不免要進去說說話，或同煮些食物，解解鄉愁。

直到一次他夜半趁黑摸進副爺的房間，鑽進被窩抱住副爺只著一條內褲的身體，孤注一擲地……，誰知那一瞬間副爺竟然也抱住他，絲毫沒有抗拒。他手向下一摸，副爺底下一樣鼓鼓一包，他登時放下一萬個心。

跨過這一層，兩人就算正式「在一起」了，他極小心地避掉眾人耳目，除了臨下船前有一夜被撞見，但似乎大家都同有默契似地，無人拿來八卦或宣揚。

之後換了船，他和副爺仍保持聯繫，每回來臺灣，他都下南部拜訪副爺，副爺也極力留他多住幾日，抱住他不讓他走。這樣每三五年一會，竟持續了卅多年。

副爺老了，子女也都各自成家立業，他每見副爺一回，就覺得他多老了一回。

最近一次見他，他竟已需拄著拐杖走路。

最近他心事重重問我：「聽說只要在銀行放五百萬，在臺居留一年，就可以申請臺灣公民，是真的嗎？……」

♂ 結婚大作戰

幾年沒見，重逢時Ed一把抓住我，激動欲淚：前陣子我差點就結婚了。是不是大多數男人都這樣，只想找個女人傳宗接代，而不管如何糟蹋對方？

「我差點就被媒人騙了，」Ed表情複雜：「我開出的條件哪有那麼容易？她一星期就回報找到了。」

我表示願聞其詳。

一是身家清白，不帶任何疾病。（優生學）

二是身高至少一六〇。（還是優生學，Ed自己就一六〇而已。）

三是至少大學畢業。（還是優生學，在還有大專聯考的年代，代表起碼智商過得去。

現在就不敢說了。）

四是公務員。

「這點好奇怪……」我問。原來是他考慮他萬一有個不幸，還有一個人領有終身俸，可以撫養小孩。

真正的「只為下一代」。基因真自私！

然而結婚視同作戰，他不能不詳探軍情。對方是公務員不錯，但他查出大學讀的只是夜間部，先扣了分。

第二，眼見為憑，他強拖著媒人去見對方一家三代，一個都不能少。在女方家一字排排坐，結果被他眼尖發現，對方有一個弟弟從沙發上站起來時，走路長短腳。又扣了幾分。

還有他怎麼看，對方就是沒有一六〇。他要求對方穿平底鞋和Ed媽去逛百貨公司，他一個人走在後面比較——Ed媽身高一五九。

他一口咬定她們倆才一般高而已。

最後無可挑剔，Ed媽拿出了家傳的鑽石戒指，如假包換光芒萬丈的五克拉，但女方卻嫌戒臺式樣太老舊，戴不出去。Ed這邊說既然戒指男方出了，改戒面的費用就應該由女方支付，怎麼改也由女方全權決定。

就在戒臺完成之際，Ed突然又悔婚。

「又怎麼了？」這回連我也不耐煩了。

「沒有啦，」Ed一攤手：「我只是覺得我還沒有準備好而已……」

我心想：這招厲害，婚還沒有結，倒先把女方及家人整得遍體鱗傷。「要不要我去跟對方說你骨子裡根本就是個gay？」

結果呢？

「現在戒指還躺在銀樓師傅那裡，沒有人肯去付款拿回來……」Ed一臉痛苦。

我發覺這時，我也真的不知該說什麼了。

只想起佛陀常說的眾生顛倒。

♂ Grindr驚魂記

自從喬買了智慧型手機，也裝好了Grindr，卻久久有一整年沒有勇氣開通個人帳戶。然而一個同志坐擁Grindr或Jack'd而不用，就有如一位異性戀直男的龜頭始終徘徊在陰道外的性交一樣，其實是充滿外人難以理解的遺憾與愁悵的。

一年中他時時聽見Grindr對他的殷勤呼喚，尤其見到身邊有因此約砲成功，或甚至成為伴侶的例子，他簡直心頭滴血。

今天喬終於挑中一張去年夏天曬得最黑時的海灘照上傳，裸露的上半身被陰影覆蓋了大半，居然看起來也山巒起伏地頗有料，脖子上頂著張短髮笑臉。真的再也找不出更陽光的照片了。

然而自從拍了這照片後，他便過著不見天日的辦公室加班生活，古銅皮膚像泡了漂白劑似地瘋狂褪色，一個夏天苦練出來的小小肌肉也立刻被打回原型……而這，全拜他新主管瘋狂阿諾所賜。

趁上廁所，喬坐在馬桶上摸出手機，敲了Grindr，竟然照片還在審查中，莫非太過曝露？

廿分鐘後再溜進廁所，Grindr上終於出現了他的有臉照，果然並列在眾芳國裡並不遜色，誰說的一句智慧之語：「一張照勝過千言萬語。」又誰說的：「照片也會說謊，眼見不能為憑。」他看著照片裡頗為雄性的自己，不禁得意地暗笑出聲音來。

接著他目光瀏覽過其他眾家姊妹們的門面，等等，就挨著他的那個人，為何看起來如此熟悉？

待他再仔細端詳，天啊，他幾乎驚呼出聲來——這個人不就是他的魔鬼老闆瘋狂阿諾嗎？

會不會只是長得像？

他目光再向下一掃，就立刻確定是他了，因為距離顯示：兩人相距竟然只有五公尺。

喬以迅雷不及掩耳的速度立刻封鎖了阿諾，不動聲色地衝回自己的辦公桌。

當瘋狂阿諾沖完馬桶，走出男生廁所經過辦公室，喬正好似不經意抬起頭，四目相接，喬生平第一次對阿諾投出一道善意的，曖昧而溫婉的微笑。

♂ 原來是遊民

十點半在柏林市一個地鐵站。

燈光昏暗，四下少人，只遠遠坐著一個白人。側面看上去，是削鼻薄唇的典型西方帥哥，頭髮向後整齊綁成馬尾，約莫四十上下年紀，卡其衣褲，球鞋，身旁一袋同色系軍綠色揹包。

老實說，隔著二十公尺都還能感受他的帥氣。

他幾乎動也不動大方向我展示他的側面，優雅，平靜，有氣質。

由於這一區聽說治安並不佳，我原先忐忑不安的心，因為有這位帥哥相伴，而平靜了不少。

五分鐘過去，幾乎不動的他站了起來，徐徐往月臺另一頭走去，走向垃圾桶。我原以為他要丟掉手上什麼垃圾的，誰知他彎下身來，雙手在桶裡翻攪了幾下，撿出一截抽了一半的香煙，如獲至寶地仔細揣進懷中口袋，又埋頭翻找一陣，抓出一隻喝剩的飲料瓶，仰頭一飲而盡。

我頓時目瞪口呆。

原來是遊民……

多年以後得到一個結論：開發中國家的進步程度，看廁所的清潔；已開發國家的進步，看遊民的素質。

多年後的今年前往福州市一遊。時值初夏，梅雨初歇，天時微躁，但潮氣未退，滿街脫光衣服冒出汗氣的男人，露出那中國南方特有的皮膚，光滑白晰，少毛，但體態頗為雄性的肌體和小腿來。

也就遇見一個工人模樣的男人坐在街頭樹下，市集旁，濃眉大眼，卅開外，黑衣黑褲，身旁一只黑色運動斜揹帆布袋，雙眼略顯茫然地注視著遠方。週圍人聲市聲鼎沸，他只是安然獨坐，竟然在柏油路上。

有了上次經驗，我肆無忌憚的意淫也收斂了些，但仍也不禁打心底讚嘆：好一位靚兄！

車行很快駛過下一個路口，把這位奇異地坐在馬路邊上的男人拋諸視野之外。

「經濟真的提昇了中國男人的美麗……」

我在遇見另一個好看的街頭男人之前，匆忙如此想過。

♂秀姑巒溪畔的郵差

突然想起郵差這樣職業的男人。有一種特別異樣的溫柔。

民國七十五年，我曾在臺灣東海岸秀姑巒溪出海口的靜浦醫務所，渡過一年的軍醫官生活。

靜浦前不著村後不接店，正好位在臺東和花蓮中間的北迴歸線上。當兵的日子百無聊賴，沒有網絡的時代只好勤於寫信，日子久了，收信竟也成為一重大樂事。

但沒想到收信之外，還有郵差。

瘦高身材，膚色被東海岸的太陽烤得黧黑，一臉厚憨的笑。現在回想起來，還真和那部聶魯達的傳記電影《郵差》裡的那個超帥郵差，長得幾分神似。

混熟了每回便要坐下來聊聊，見我桌下擺著啞鈴，便主動脫掉上衣捲起袖口舞弄了起來。

大概那是我有生以來見過最健康發達的上臂二頭肌了。

然而更動人的，他在認真舉起啞鈴時，臉上有一股近乎童稚的喜悅。還有什麼比一個健康男人的稚氣微笑更動人的？

「來，你摸摸看，有多硬……」他當真要我捏他的手臂二頭肌。

我猜當時的我，是偷偷有些喜歡他了。

只能偷偷地，誰叫我是靜浦醫務所的醫官呢？

他每天騎機車沿著東海岸送信，大約過中午工作便結束了。吃過中飯膩在我醫務所的房間裡，他大大方方躺在我床上聊得開心，我坐一旁只能強自按捺內心激動，臉上做出兩小無猜狀。

有回他無故消失了近一個月，再出現才知道他摔了車，多處骨折，住院住了一個月。

我望著他削瘦的臉頰和身上幾乎消失殆盡的肌肉，幾乎要哭了出來。

終究我們只是「朋友」，而服役一年很快過去，我面臨退伍。

一個無事的週末他赫然開著車子在醫務所門口出現了。「來，我載你到處走走！」我孩子似地跳上車。因為送信，他到處都熟門熟路。

卅年過去靜浦鄉早已沒有醫務所了。

卅年我只經過靜浦兩次，人事全非，只是日後我總會禁不住想：郵差真是理想的情人的職業呵……

Edging

他說這叫做「edging」。

在那次做完愛以後。

Edging?「正在邊緣」?中文裡似乎沒有相對應的辭。而且，為一個做愛方式（不是姿勢），取一個這麼奇怪的名字，似乎也很奇怪。古怪。

但很傳神，就是一直處在介於射與不射之間的過度狀態。

他第一次就摸出了我的性感帶，和射精前的節奏韻律。輪流用手，和嘴，有時還加上腿，讓你爽，一邊卻又冷靜觀察你，你進入瀕於射精前的狀態，你的表情，身體姿勢，體溫，肌肉張力，陽具大小硬度，和呻吟聲。像是個正在手術的外科醫生，聚精會神於維持你的快感於瀕射，而不射。

這猶如一種藝術。做愛藝術最高峯的「妙到顛毫處」——少一分高潮便萎頓下去，多一分你就，你就，你就一下憋不住射了。

「I am coming! I am coming!」通常只喊個幾秒，做愛便要結束。那晚我卻足足喊了快一個鐘頭。

最後「I am coming!」變成「救命啊！救命啊！快鬧出人命啦！」他才讓我射。

之後朝思暮想，茶飯不思，只想約他第二次。

第二次他更快進入狀況，快感強度又向上調高了幾度，但才做到一半（但也已經比平常自己來久很多），已經半虛脫的我突然小腿抽筋，結果「I am coming!」變成「痛！……痛！……快停下來！」

希臘神話裡，宙斯與老婆希拉爭論男女性高潮時到底是哪一方的快感比較強烈，宙斯堅持是女性，希拉則聲稱是男性，因為誰也無法證明，而泰瑞西斯是唯一當過女性與男性的神，於是他們召來了泰瑞西斯詢問，結果泰瑞西斯的回答是：女性能經驗到的快感度約是男性的九倍或十倍之多，而且時間更持久。

拜edging之賜，我雖然是「性快感弱勢」的男性，卻經歷了女性才有的強勢而綿長不絕的性高潮長達一個多小時，比起一般男人只是身體抖兩下，我在這「妙到顛毫處」欲死欲仙了那麼久，想來真是罪過。

「我就要回美國了，」有一天他憐憫地說：「怎麼辦，以後沒有人替你edging了……」

我突然心生一計：何不開個訓練班？

把我之前的那些朋友都找來變成「edging高手」？

那我不就可以夜夜身處雲端，隨時都想死，又不想死了嗎？

♂大陸同志看臺灣

「當然臺灣同志很優啦，」他坐在我面前：「不過就是用藥用太凶。」

我想，這還端看他使用哪個軟體，認識了哪個族群……

他使用的是同志約砲軟體，也難怪。

「我大陸已經有男友了，臺灣同志的熱情實在吃不消。」他雙手一攤，百般無奈。彷彿每個臺灣同志都想吃他一口。但想必「臺灣菜」他應該也吃了不少。

他實在長得可愛。東北壯熊一隻，一對墨濃般的臥蠶眉下，是雙中國古畫裡的鳳眼，曖曖內含光，鬢毛直下唇角，濃密而齊整，兩頰刮得鐵青，是粗獷豪邁與眉清目秀之間的巧妙平衡與揉合，外加直挺挺的鼻管，唇形圓潤，笑起來像從心底冒出無限溫柔與溫暖的漣漪，年末四十已經是大學副教授。

無怪乎我簡直看傻，內心直呼沒見過有這麼優的熊。看著他快蹦掉襯衫鈕扣的胸肌，還有自袖口伸出的兩條粗壯臂膀，還有短褲下一大截毛絨絨的小腿，一時目光不知該在哪裡停駐。才知道男人年過五十還是會臉紅。

他才去了華山和松山菸廠，著迷於臺北的設計和建築。也如同許多大陸同志，對臺北的熟悉度遠遠超過避居北投的臺灣人如我。上次來才在誠品買了三萬多塊的書。

這一切的一切於我都覺得熟悉而典型，除了他那臺灣同志身上少見的美。

「不知道你們為何反服貿，現在全世界就數大陸的錢最好賺了，」他話鋒一轉：「臺灣可以格局再大一點。」

聽說臺北同志可以只因為過馬路時男友沒拉他一把而鬧分手，他搖頭：全世界很少見到這樣的，日本同志也沒有這樣。兩年前他在東京交換學者，不諳日文一樣廣受歡迎。在酒吧和三溫暖引起一陣旋風。

「這麼愛臺灣，」我笑他：「為何不乾脆『嫁』過來？」

想起我們多災多難目前還躺在立法院的多元成家法。

「目前這樣很好啊，」他終於談到敏感的統獨問題：「一家人分兩處住，不要談什麼獨立，就讓臺灣保留中國的仁義禮智信很好啊！」

我發現我完全愛上他了。

♂ 你是他的誰？

Calvin握著筆，忍住腹中陣陣悶痛，在手術同意書上簽下自己的名字。

一旁James扶著他，想替他簽，卻被一旁住院醫師擋下：「你是他的誰？」

「我……我……我是他朋友，」James怯懦地回答，半羞愧地覺得「朋友」在此刻的毫無作用。

Calvin人不舒服了一個禮拜，又頭痛又發燒的，被診所醫生當作感冒治了一星期，終於還是來到了X大急診。

做過了腹部斷層掃描，確定Calvin得了肝瘍腫，必須立刻做「超音波引導下的引流」手術，將肝中的菌膿引出，否則可能引發感染擴散。

Calvin簽了字，以為可以立刻進開刀房，因為朋友們紛紛從手機傳來訊息：肝瘍腫有可能引發敗血症，甚至是休克，或多重器官衰竭。是可致死的疾病。

誰知住院醫師又擋住了他們：「沒有家屬在場我們不開刀……」

James登時心中一慘：都同住十幾年了還算不上「家屬」，那要什麼才算？是住在天涯海角幾十年沒見面的兄弟，還是冤仇結得海樣深，幾十年都互不相往來的姊妹？

家屬啊家屬，社會新聞裡能夠骨肉相殘的不都是「家屬」？

這節骨眼上病人能倚仗的是誰？除了幾十年的床頭人……縱然James是毫無「名分」。

Calvin單身一人在臺北，父母都在國外，一個小妹在南部念大學，此刻正值畢業旅行，沒有把握可以立刻連絡得上。果然撥了幾次手機都轉入語音信箱。

在嚴重少子化的臺灣，已全球化的地球，逐漸瓦解的原生家庭和傳統婚姻觀念，如何要求每個人在生病緊急開刀時，臨時「變」出一個「家屬」來？

Calvin就是這樣活生生被拒於開刀房門外。

入夜後James終於連絡上Calvin妹妹，可是她人遠在墾丁，最快也要明天中午才趕得到臺北。而更糟的，病房的訪視時間要結束了，James這個「朋友」必須離開了，只有「病人家屬」能在病房裡過夜。

雖然已打上抗生素，Calvin可否一個人熬過今夜？

James離開病房時，眼看著病床上虛弱地陷入昏睡的Calvin，生平第一次流下憤懣的眼淚……

♂十年之屌

那時他才是在同志圈初出道的醫學院學生。Frank是經朋友介紹認識的，高頭大馬，相貌堂堂，卅歲出頭，事業有成。

他看不出大他十來歲的優質男Frank，有任何理由會看上他。

他們約在Frank家，才第一次約會Frank就想上他。對Frank這上駟，他倒也願意，只是他沒告訴任何人他是第一次扮零號。當Frank從後面硬梆梆地就想頂入，他只覺肛門一緊，一根熱騰騰的肉棒擠在他顫慄不已的屁股肉之間，他突然一陣腹絞，彷彿有便要衝出肛門，他推開Frank，衝進廁所，兩人從此沒再連絡。

十年過去，他和Frank再度相遇，是在他工作的醫院。他只覺Frank看他的眼神一亮，不似十年前只想上他。是因他已長成一位風度翩翩的醫師了？

這次他們約在他家。

這回他好好打量了Frank的那話兒。果然巨根粗直，角度上昂，龜頭紅潤，形貌偉岸，可謂人間極品。

他愛不釋手地把玩一番，一償上次險被插入卻連對方那根長什麼樣都不知的遺憾。兩人都正值壯年，荷爾蒙分泌也旗鼓相當，一場十年前未能圓滿的約砲，十年後的再續前緣有如天雷地火，兩人大戰三百回合，淋漓酣暢不在話下。

之後他才知道Frank早已移民國外，只是每年定期回臺約見網友，從墾丁到基隆，由南到北一路普渡眾生。

「臺灣的同志素質好……」Frank如此讚美，聽在他耳裡卻有些不是滋味，但也算是了卻一樁懸念。

一砲之後又是十年，這回卻是Frank主動和他連絡了。

再見Frank直覺是Frank變壯了，但也變老了。一身健身房千錘百鍊的肌肉，他立刻剝光了他，但那屌卻一點也騙不了人的只硬了一下下。

Frank是屬於不服老不顯老而且愈上年紀愈有味道的那一型男人。再加上注重運動和保養，對於某些戀父或考古的同志而言，簡直是天菜。

但當他握著Frank那根只能尚稱過關的陽物，十年和廿年前的記憶突然浮現心頭，是一種滄桑之感，令他頓覺身世倥傯，同志生涯的編年記事，竟然是由一個候鳥一般的男人的那話兒，來為他深深畫入生命的年輪……

♂ 早餐店男孩的故事

這是多年前聽來的故事。

故事的主角是位早餐店男孩。只要是同志，一定對這種身分的男孩感興趣。

他也似乎明白這點，在約我見面前還特地問：你是知識分子？我讀書不多喔……而這一問更加催情，誰看過同志G片裡演的是「知識分子」？藍領猛男未經文明汙染的雄獸才是性感王道！

我們第一次見面卻也是最後一次，只一頓飯工夫，他說了這個類似《窈窕淑女》（My fair lady）的精彩故事。

話說他的上一任也是唯一一任情人William，是大企業主第二代。愛他愛得發狂，完全不在意自己是正港洋博士兼億萬身價，而他只是個在臺北小巷衖裡開早餐店的鄉下小孩，只有國中畢業。兩人身分背景雖懸殊，但William還是帶他出席種種政商名流的社交場合，臺北高級社交圈的晚宴party，完全不在意他的格格不入。到後來反而是他主動拒絕出席這類活動，William體貼他，知道他在自己朋友圈裡自慚形穢，反而鼓勵他有空去補習英日文，上夜校，費用全由William負擔。

他自知不是塊讀書的料，但也勉為其難上了半年，好景不常，William突然決定放下臺灣的事業，去大陸發展，誠摯地求他：要不要跟他一起去北京打拚？

他長考之後拒絕了。William因此痛苦了許久，有幾個月避不見面，他當是已分手，誰知臨走前邀他吃「最後的晚餐」，他以為會只有他們倆，誰知竟有第三人，是當時頗知名的一個檯面人物。他不解，William解釋：既然不能再在一起，他幫他介紹新的男友。

「你就像個禮物在他朋友圈裡被轉來轉去？」我當時毫不留情面地問。感覺到「有錢人」想的真的和我們不一樣。

幾年過去我對這個故事仍然無法不存疑，但他提到的幾個「檯面人物」倒是激起不少想像，幾年下來，這些人物多已走下檯面，風光不再，這個故事也就失去原有的吸引力。

只是懷疑依舊：臺灣真的有一個專屬於政商巨賈的同志社交圈？

「他不過拿這故事往自己臉上貼金吧，」朋友聽了我說的故事：「那些政商名流才沒這個膽……」

真的沒有？

似乎耳聞有某個高級俱樂部如何如何。但也僅只於耳聞。

身為同志，似乎希望真的有，又希望沒有。

♂我的牧師男友

那年我在波士頓哈佛就讀，而Steve遠在溫哥華。

我們在同志交友網站認識，他貼的是一張拉大提琴的氣質照，五十開外，一頭李查基爾式的胡椒塩銀髮，笑容成熟中帶些羞怯。

之後我們互寄了些大膽一點的照片，確定了彼此是彼此要的。他便不斷伊媚兒來要我去看他，我便也決定趁暑假返臺之便辦好加拿大護照，飛往溫哥華小住一週。

「職業是……？」我還是有些不放心。「Priest.」他回答。

神父？這倒新鮮。

如果被賣了趕快打電話回來。臨上飛機前朋友還不放心地交待。

在飛機場見到接機的Steven，果然是位高壯白人帥哥。他把我安置在他位於市區的住家客房，兩人迫不及待在淋浴間做了起來。接下來他成了絕佳的地陪，兩人白天觀光吃飯，晚上做愛休息。

「明天我們和我兒子Johnny一起吃飯好嗎？」他問。

什麼？神父怎會有兒子？我心裡打著問號。

這問題多年後才得到解答。原來基督教聖公會的牧師稱priest，而他是結婚生子後才確定自己的性向的，出櫃離婚似乎在他開明作風的教會裡一點問題也沒有，也得到他妻子兒女一致的支持。如今放下牧會的工作已多年，但他似乎還擔任整個北美地區總會的某個職位。

和Johnny在一家美味靜謐的西餐廳用過餐，Johnny大學剛畢業，似乎對我這位老爸的亞洲小男友滿意極了，和我聊了許多。我隱隱覺得是Steve特意要Johnny來看看我的，下一步呢（如果有）？要我成為他的家庭一分子？

接著我們又去玩了中國城和同志區，在KTV吧兒高唱〈臺北的天空〉，日子的感覺彷彿又回到波士頓和臺北。

我回到波士頓後才發現我的加拿大護照忘了加簽，一時竟然難再飛溫哥華。魚雁往返了半年，終於在我的電腦失竊後斷了音訊。

二〇一三年十一月卅日在凱道上首次見識到眾多反同的牧師和神父。我第一個懷疑是：他們知不知道身邊有那麼多同志？包括自己教會裡的同事，上司，和小孩？

同性戀是「人」的一部分，不出櫃不代表同志不存在，只是心中有樑木的人看不見。只有樑木拿開眼中無刺，才能學習「愛你的鄰人如愛自己」，那時，我們才會赫然發現「原來同志就在你身邊」，而且，還這麼多，這麼優秀，這麼值得愛……

♂ 白色巨塔裡的恐同症

Tom的B住院了。B本身是醫生，住在他以前受專科醫生訓練的教學醫院裡。

Tom日夜在病房裡陪B，但從沒這樣自覺「名不正言不順」地好生尷尬。

由於是這家醫學中心訓練出來的，離開也才不過三年多，老師同學，學長學弟，醫生護士，都還在，聞訊也都紛紛前來探望。

可是一進病房，一瞥見昏迷在床的病人B，再看看服伺在旁的Tom，幾乎沒有例外的，人人都投下了嫌惡的目光，好像在說：「都是你把愛滋傳給了他……」

就只前兩週B還人好好地在看門診，上班下班，Tom絲毫不覺有任何異狀，直到Tom發現他B看完門診，竟然在在家門口大便。

隨後人立即陷入昏迷。

如今Tom坐在病房裡，感覺四週所有的人敵意的目光，所有的人眼中的鄙夷裡都寫著：

「你的錯，你把愛滋傳給了他……」

天知道他才做過檢查。天知道他們已經有兩年沒做過那件事了。天知道他們都採取安全措施。

天知道最近這兩年B上網認識了哪些朋友，他一直視而不見，裝作不知……

B的父母同樣不諒解，對已經朝夕相處逾五年的兩人關係從不正視，自B住進醫院只當Tom是透明人，病房裡他簡直無地自容。

他們一定以為是Tom把他們的寶貝醫生兒子給帶壞了，天知道當初是誰追誰？當初是誰開啟了誰生命裡「同志」這扇窗？

但此刻Tom望著深度昏迷的B，隱約明白他B再也不會醒來了……

而現下首先要解決的，是他能不能在病房裡陪伴？

他是他的誰？誰能有資格決定誰才是陪伴病人的「親屬」？

Tom迷惘著……

♂ 永遠，永遠的背影

看見一個背影，一看看了卅年。

一個雄性的，壯碩的，既似少年又是成熟的，直排輪教練的背影。

每個週末他都在那棟少人使用的禮堂的走廊上，帶著一群小朋友練習直排輪。

而Andy每每在值班或加班時走過，便會痴痴地望著好一會兒。

但從沒有走上前去的念頭。

誰知這一望就卅年過去了。人生自是有情痴。許是常見，Andy竟覺得這背影卅年來一點也沒變，像在時間裡凝結了似的。

但卅年後的某一天，他突然決定走向這個背影，一步一步，趨前，背影逐漸轉身，那是張超過他預期（如果他曾對這背影有過任何幻想），俊逸的臉，笑起來對他說：想學直排輪？

是。Andy不能相信他竟學起直排輪來。

每個週末，穿得像個科幻片裡的太空人，混在一群不怕摔的小孩當中，憂慮著自己曾傷過的脊椎和膝蓋。

為什麼？在他五十歲生日那天。或許倦於只是眺望，或許想開了，總之生命需要一些轉變。

Andy知道了教練已婚，曾是國手，一週七天課程近乎滿檔。卅年前卅年後，竟無甚變化。他從他看見了自己，但如今他需要一點轉變，五十而知天命，不是嗎？

「要學會游泳，先要愛上水。」教練說：「要學好直排輪，先要愛上風。」詩人似地。

他幾乎落淚，為這詩樣的句子。而他究竟愛上的什麼？真的是風嗎？

「什麼？你在學溜冰？」朋友都跳起來：「也不想想都多大年紀了？」

而且還內耳平衡神經失調，發作起來連走路都跌。

但一週週進步，他認真學到了已能放開攀扶，在那群小孩中落隊獨行的地步。摔過一次，但忍住了傷痛。

然後他就不再去上課了。花近萬元買的輪鞋護具都送走。

像生日那天看似突然的走近，他也突然遠離。

五十而知天命，一個五十歲又單身的同志，知什麼天命？

只是，他已經得到了他想要的，五十歲生日禮物。

♂兒子的情人

和Ben在好幾個同志交友網站交手過，都只是淡淡的點頭之交，寒暄幾句，之後便沒了下文，卻終於在Line上又再交手，說定了要見面。

初步的印象是自己開公司的小老闆，住在沒有高鐵可到的中部「鄉下」，平日認真上班，週末解放，流連全臺各個同志場所。

Ben開車到高鐵站來接他，本人和照片相差不大，後縮的髮際線和中年發圓的臉，反而顯得稚氣。

「忙什麼？」我問。

沒衝往同志溫泉或三溫暖或夜店的週末，他都和六十出頭的媽媽度過。沒想到兩人在照片裡看來年齡頗相仿……Ben收回他的手機，似乎對他年逾不惑仍與媽媽同住，絲毫未覺不妥。

我們在一家安靜的素菜館裡用餐，他的話題除了他每天必須加班至午夜的單人公司外，似乎只圍繞在他的母親。

早年離婚，含辛茹苦地撫養子女，兄弟姊妹各自男婚女嫁後，留孤家寡人的他和媽媽「相依為命」。不知為何這再典型不過的同志故事，我聽來卻有些異於尋常。

或許是他提及母親的表情和口氣吧。我事後回想：那種掩不住疼惜和依戀，彷彿母親在撫養他的過程中受盡委屈。

「我算是破我們那邊村莊的紀錄了，總共相親相了兩百次。」

「你媽還沒死心？」我問。

「當然。但我是發了毒誓，」他臉湊近我：「只要她安排相親我一定去！」

哦！為什麼還相不完？

「我跟我媽說只要妳點頭的我立刻就娶。」他意味深長地說了這句話。

這麼說，是他媽不願意？

「如果是她自己不滿意那就誰都無話可說。」Ben貌似輕鬆。

而換我陷入了沉吟。

年近五十的Ben和他媽兩個孤家寡人結成全世界最親密的戰友，樂此不疲地玩著相親不成的遊戲。

接下來的幾個鐘頭，Ben都在數落所有他相過親的女人的不是，從太醜太笨到太驕傲能力太強，可以感受他和他不在場的媽媽的口徑一致。

分手後我不曾和Ben再連絡。

我想他已經找到他的「終身伴侶」了。

♂ 傳教男孩

那天抽空前往北市某高中評文學獎，由於比預定時間早到了半個鐘頭，便在學校的川堂裡坐下，從背包裡抽出書本正翻閱著，突然有聲音從背後傳來：「先生，可以向你傳福音嗎？」

我回頭一看，是兩個年輕俊帥的臉孔，正睜著充滿希望的大眼望著我，而我直覺地回應：「好啊，不過我是佛教徒！」

既而匆匆地想：「校園裡可以傳教？」

其中一人大約看出我的疑惑，解釋：「我是這家高中畢業的，剛退伍不久，回母校來傳福音。」

而我照例表明我的身分：「我是同志。」

頓時兩人臉上不約而同閃過一絲痛苦與失望的表情。

「你確定你們教會接納同志？我有兩個同志朋友最近被他們的教會踢出來，他們可都是從小被父母帶進教會受洗的……」

兩人頓時沉默了。也不知道這沉默代表他們是真的不知道，還是他們早知道不接納，只是還找不到臺階下。

「我認為所有宗教的核心都有相近或相通的部分……」我試圖說點什麼來緩解當下的尷尬，但發現此言一出，兩人表情更嚴峻而退縮，顯然他們根本沒聽說過「宗教多元主義」，而這正是美國基督教會在經歷九一一後，最痛切的反省之一。

「你……你……你，都這樣開口對別人說你是同志唷？」其中一人充滿困惑地說。

原來他們還處於被陌生人出櫃的驚嚇震盪之中。

「臺灣有同志教會你們知道嗎？有空你們不妨……」我說著，同時感覺好像反而是我在傳福音了。

「那不打擾你了。」兩人異口同聲地打斷我說。

♂ 哈佛的最後一週

兩千年決定從哈佛醫學院束裝回臺，發了幾封給全實驗室同事的公開告別電郵，也無非就是要拍賣電器家俱等等的，沒想到整個實驗室裡似乎起了一陣隱形的騷動，像是要為我這三年的fellowship做總結似地。

首先是樓上實驗室一位常打照面的胖大鬍子發了回信來，說要請我吃中飯。

和他真的不熟，之前只覺得他看我眼神，會比別人多了幾秒的在我臉上的停頓，沒想到是他第一個發難。在實驗室旁的小餐廳他邊吃邊告白似地，告訴我他的婚姻，兩個女兒，美滿的家庭生活，以及退休的計劃。半句沒提他是不是同志，但臨別一聚，他的眼神已經說明一切，感覺實在沒必要說破，就當作是一場忘年之交的友誼，不是很好嘛？

第二封伊媚兒我可就有十足把握是同志了。

是樓下一位新進實驗室頭頭Gary，中年未婚的白人帥哥，棕髮碧眼，口字鬍，路過他辦公室時經常衝著我微笑。他邀我去波士頓市南端（south end，同志區）最有名的同志餐廳吃brunch，同來的竟還有他多年的伴侶Steven——一位同樣棕髮碧眼蓄口字鬍的白人帥哥，兩人攣生兄弟似地出現。

兩人都很健談，尤其知道Steven從商，卻為了Gary經常換學校換實驗室而跟著東奔西跑，嫁鷄隨鷄，由此也可知兩人感情之深厚。

而對於Gary偷偷喜歡我我是有感覺的，但我又矛盾地有道德上的潔癖，既然對方大方地介紹他的另一半，我也大方地緊守朋友的分寸。

至今每年仍會收到Gary寄來的耶誕賀卡，喚起有關哈佛的種種美好回憶！

第三封來自另一棟大樓，也是實驗室老闆，大陸人，北大畢業後來美修博士，畢業後在美落地生根，沒幾年便已自立門戶，研究做得有聲有色。

他開車來實驗室接我，神情卻是深深的悲哀。他是婚後才了解自己的性向的。

一起吃過飯他又開車送我回宿舍，他的靜默裡是無盡的傾訴。

我可以感覺他正退縮著，考慮要不要從此回到異性戀婚姻的世界。我知道他身在其中的不快樂，但我已經是快從波士頓抽身的人，能說什麼？

第四封就少了哀慽的氣氛，因為對方已經安排了行程，就要在臺灣和我碰面，要我介紹臺灣同志……

♂為巴比祈禱

週日清晨一大早竟然被好友Mark拖去我社區的教堂作禮拜。

Mark全家都是教徒，許多教內的辭語平日都朗朗上口，簡直隨時可以上臺宣教了。

但令人不解的，他們家只要是男丁全都是gay，除了他已往生的爸爸。

在長椅上坐定，由於是一大清早，人還疏疏落落，待要正式開始，一位婦人領了一位高帥的王力宏臉型的男孩來，就指著我前面一排正前方的位子，要他坐定。

我頓時眼眶一熱，差點流下淚來，這難道是上帝給予的恩賜嗎？就離我不到半公尺。

從後頭看，海軍頭，頸項潔白，一身緊身V字領T恤，把一身肌肉繃緊得線條畢露，加上白牛仔褲，顯得青春洋溢。渾身十足ABC的味道，有型又有品味！

一開始他顯得有些侷促不安，顯然和我一樣，都第一次來這家教會。我這頭gaydar嗶嗶作響，身旁Mark也立刻察覺，露出覬覦的目光。

隨著儀式進行，一會兒站起坐下，一會兒唱歌祈禱，我和Mark也正好把他打量得一清二楚。

「真是人間極品……」Mark附耳過來。

待整個儀式結束，人群正要散去，Mark和我兩人聞風不動坐在原位，靜待這位帥哥回頭起身，看他究竟是會朝我這邊看，還是Mark那邊？

天可憐見，他站起來時竟然回頭朝我看了一眼，兩人四目相接，剎時電光石火，心靈透亮：原來他也是同志！

而他那張俊帥的臉遠比我想像的還稚氣年輕，至多還在大學念書。

走出教堂，眾人多還聚在門口庭院聊天寒暄，我回頭在人群中搜尋了一陣，見他和他家人一起，豎耳一聽，果然是初初從美國回來的孩子，父母正忙著向四週圍的教友們介紹他。

他有禮貌地一一點頭致意，但同為同志，我老遠都可以看出他滿臉的無奈。

我想起我好幾位信教的同志朋友，最後都有共同的悲慘命運：和教會內的姊妹結了婚。

我遠遠地看著他，發現他又回頭看了我一眼。

加油！我內心為他祈禱：不要再傷害一個無辜的女孩了……同志終究不能給女人幸福的……

加油！千萬要挺住！不要向週圍的壓力屈服，也不要自欺欺人步入結婚禮堂！

祝福你，巴比。我離開時心裡在說。

♂ 妳丈夫現在在哪裡？

十一月卅日的「反多元成家」行動開始日，我的手機裡的line也開始忙碌起來。

「Mark，現在有空嗎。」

我人在遊行現場，四週一片兵馬倥傯，偷瞄了一下，是上禮拜在Grindr上認識的已婚男Owen。

「有空嗎？」

「我在遊行現場。」

「遊行？什麼遊行？」

「反多元家庭。」

這時一群面戴口罩的壯漢正朝著我手上揮舞的彩虹旗撲來，我只得收起手機，先溜。這次的護家盟養了一批錦衣衛，好幾個權促會的盟友一被發現馬上被團團圍住，動彈不得。

「你想幹嘛？」

「你，想……不想一起去泡湯？」

這口氣我實在聽多了，明明就是想風急火急打上一砲。

Fuck！為何選在這節骨眼？

臺上基督教和其他曾被基督教指為「邪教」的，「拜偶像」的各個教主大師們，如今都排排站在一起，蔚為奇觀，推著一個又一個媽媽上臺，力陳家庭價值之不可破壞，尤其不可被這些不配享有家庭的死gay破壞。

「Mark，要不要啦。」

我他媽的現在哪有時間泡湯呀。

我找到一個角落回Owen：「你老婆呢？星期六不都是你的家庭時間嗎？」

「哈哈。她今天帶小孩去參加什麼教會辦的凱道保護家庭健走的什麼東東啦。要打趁現在啦。」

我突然眼前一亮，彷彿上帝恩賜的神光降臨。Owen的老婆在臺上？

「你在哪裡我馬上到。中山南靠濟南路上的摩鐵路？」

「我立刻到。」

當我離開凱達格蘭大道上的那群兀自激昂的群眾時，突然覺得那些振振有辭都成了蠅蚋蟲鳴。

當我肏著Owen嗯嗯唉唉的屁股時，突然領悟：無論這次立法過不過，同志其實都已經贏了……

♂ 後窗

他曾是天體主義的奉行者。

在擁擠的熱帶島嶼過著上下班生活，平日並無太多機會裸體，只有下班一回到家，立刻脫個精光大條，光著屁股在租來的小套房走來走去，也視為生平一大樂事。

日子久了，在家裡光著身子太過習慣，有時候竟然會忘了自己沒有穿衣服，譬如：在陽臺上洗衣服，收衣服時。

老式的公寓房子，是後陽臺屁股對著屁股的格局，相距不過十來呎，陽臺上彼此面目清晰可辨。他有次心存僥倖一絲不掛地收衣服，竟然被對面陽臺上的太太正好撞見。他趕緊衝回房間，但想必已被一覽無遺。

從此他只要出現在陽臺上（當然都穿著衣服），那位太太一定也出現在陽臺上，或洗衣收衣，或打掃清潔，東摸西摸地偷偷在瞄他。

中年，燙髮，一臉皺紋，沒有什麼表情，每日洗著一大家子的衣服，齊齊掛滿了整個陽臺，偶而衣褲間露出一雙黑碌碌的眼珠子，像躲在叢林深處的一隻易受驚嚇的鳥，警戒地窺視著他。

他從此出現陽臺一定不厭其煩先把衣服穿上，而對面這位太太也一定跟著出現，像裝著監視器似地，與他似有若無地對峙，讓他好生尷尬。總是匆匆做完事就立刻逃回房間，不敢在陽臺上久留。

不久他才發現正對著這戶人家的不只後陽臺，他的臥室也是。那年他把窗子擴寬加上三片羅馬簾，留其中一片半開好透些光，其他垂閉。而他，在自己臥室裡，總應該可以理所當然理直氣壯地一絲不掛了吧！多少也可以省點冷氣。

衣櫃穿衣鏡前是他最愛站立的位置。沒事鏡子前擺擺姿勢，做做伏地挺身，擠擠飽脹的肌肉，欣賞一下自己的猛男身材，也好滿足一下自戀情緒。

一日他擺盡姿勢，猛一個回頭，才發現從他站立的位置，透過那半開的羅馬簾，正好對著那戶人家的書房窗戶，他一彎腰望過去，天，他看到了一雙眼睛。
男人的，躲藏在立起來的筆記電腦螢幕後。
那男人立刻把臉藏住，但太遲了，他們倆早已四目相對。他看見那個中年男人的臉。
那位陽台上太太的先生？
他一面降下那片羅馬簾時，一面不解地想：
這樣已經有多久了？

♂ 臺灣熊族演義

曾幾何時熊成了臺灣，甚至全亞洲同志族群的「主流」。由此可見，日本文化影響力之不可小覷，因為它定義了同志的身體和品味，規範了何為「可愛」和「性感」。

西方詞彙裡的「bear」（熊族）原指的是全身肉多毛更多的壯漢，骨架粗厚並濃濃的胸毛肚毛手毛加上腿毛，甚至是背毛，才算。可是這樣的體型特徵老實說，還真的很少出現在亞洲人，或說華人身上。

「熊」原來就非臺灣人的常見基因，但為何夏天一到，東區或西門町四處可見理著海軍頭，口字鬍，肉壯身型，白色T恤捲起袖子，卡其短褲加短統皮靴白襪或一雙夾腳拖，中間露出一截粗壯可口的毛毛小腿的同志，眾多幾乎一模一樣的熊熊典型，前呼後擁，嘯聚成團，引人側目？

首先，如遺傳學所決定，絕大部分的臺灣熊都是後天練就，每日健身房加上狂吃狂喝狂睡的結果。這其中的血淚辛酸往往不足為外人道，過程之艱苦卓絕，比起要一個胖女吃成紙片人，只會有過之而無不及。

紙片人會活活餓死，後天成就的熊難道就不會高血壓糖尿病膝關節受損？我見過最誇張的例子是練成熊後，需要兩邊手術置換髖關節並膝關節。「美」要付出代價，自古舉世皆然，同志世界自然也不例外。為了成為同志世界的「極品」，眾人豔羨目光的焦點，那種走路有風的驕傲與榮采，這一切風險和付出都是值得的。

而希臘神話說人本來是雌雄同體的，後來被神劈做兩半，因此每個人都在愛情裡尋找失去的另一半。所以伴侶原來是互補的？但在臺灣的熊族同志族群裡，這說法絕對不成立。因為身邊看見的熊，大多只找熊作伴侶，而且是與自己幾乎一模一樣的熊。難免令人懷疑是不是自戀過了頭：熊愛的不過是鏡子裡的自己？

所以熊固然可愛，卻好看不一定好用，尤其你萬一自己不是熊，或不是對方眼中的熊

（這樣的人往往被冷血地稱做「豬」），我良心的建議是：熊就一旁觀賞好了，不一定要追，擺在遠處看著賞心悅目，不也頂好的嗎？

♂ 神父要教我手淫……

從小他便知道自己可愛。

而很晚他才明白，曾經有多少男人要他。

唇紅齒白，瞳黑髮亮，加上吹彈可破的皮膚，聰明伶俐的談吐。

可是對於性這一塊，他卻是超級魯鈍。

小學的工友，曾經拿糖果漫畫誘惑過他。他在工友的宿舍門口止步，直覺地不想進入。工友並不老，面目端正，獨居。臉上常有一種惶然哀悽的表情。

他悶悶地走出學校，彷佛窺見了一個只屬於大人世界的祕密。

之後他上了一個天主教教會的中學。他家裡並不信教，只是圖學費便宜，又教學風評良好。而他只覺得規定要住校，暫時可以離家一陣也不錯。

而這所中學於他最新鮮之處，便是有好幾位金髮碧眼的年輕神父當老師。這些英俊挺拔，能說流利國、臺語的西方青年，赫然個個能文允武，打球樂器唱歌樣樣來，和學生們很能打成一片。

而他正值青春發育期，每天有發洩不完的精力，放學後和神父們踢幾場足球，成了每日例行。而他這時幾乎每天都看見自己身體的改變。小腿變粗，長出密密的黑毛。乳頭發癢膨脹。私處變黑。腋下大量發汗，氣味熏人。

很快他的身體不再男孩了，但他的娃娃臉，他的頭，他的大腦，還遠遠落後，追趕不及。

這時他留意到，有位神父經常遠遠地看著他。

一起踢足球時，難免有些身體的衝撞，近身接觸。

他是傻子般毫無感覺，這時的他是對女對男，都還懵懂不知道要有感覺。

那時代男生宿舍裡必然偷偷傳閱著幾本被翻爛的女體雜誌，他沒滋沒味地信手翻了幾頁，塞在枕頭下，被神父發現了。

放假前夕某夜熄燈後那位神父找了他去他的房間。在他面前攤出幾本搜來的色情雜誌，問他：喜歡看？看了什麼感覺？

那個工友拿出糖果漫畫的記憶立刻浮上心頭。他的立姿有些晃動。

他搖搖頭，似乎後退了幾步。

當他走出神父的房間，只記得神父對他說的最後一句話：我可以教你手淫……

♂ 慾望之始

讀佛洛依德最大的困惑是：性慾可以多早開始？小嬰兒真的也有慾望嗎？

我個人資質魯鈍，或個性壓抑，高中懵懂知道了慾望，上了大學才確定性向，比起時下年輕人，後知後覺不知凡幾。

但我一位香港同志朋友就絕對支持佛洛依德。

他是這樣知道慾望的——從他小時候的理髮經驗。香港那時有流動性的理髮師傅，扛著所有工具定期在不同住宅區巷子口擺「理髮攤」，鄰近所有小孩都聚來排隊等理髮，為安撫久等不耐的小孩，還準備有一疊疊的「小人書」供小孩閱讀。而我這位朋友——長大後才知道自己原來是同志——竟然那麼小就只對其中的「肌肉英雄」（muscle hero）感興趣，包括超人，蝙蝠俠，蜘蛛人，美國隊長等。

「而且更奇怪的，」他說：「每次看到這些內褲外穿的猛男英雄被壞人逮住，被綁起來折磨，或言語羞辱時，便止不住有一種興奮感……」

我打量我這位朋友，年過半百的他，是個陽光健康，事業有成，身心理再「正常」不過的男同志。

「看到這些肌肉男血脈賁張，痛苦掙扎的模樣，還沒進小學的我竟然已經體驗到所謂的「快感」！」他不解：「大約從那時起，我便隱約知道自己喜歡的是男性……」

是的，身旁大多數同志友人是在幼稚園或更早，就知道自己是愛男生的。

那當中有「選擇」？當然沒有。教會等待道德人士的指責可以休矣。既無選擇，何來罪衍？何來罪惡感？

所以數年前「真愛聯盟」阻擋小學的性別平等教育課綱何其愚蠢，我們的孩子遠比我們想像的「性早熟」多了！兩性教育愈早愈好不是嗎？

曾在報上讀到讀者投書，一位女性說她小學被男老師體罰打屁股時，生理上會有快感，因此私下一直希望老師多體罰她。才小學而已的她，一生的性模式赫然已經成型。

而蒙昧懵然地踏入成年的我們，何時才能承認，其實我們對人性的「真相」，有多麼無知呢？

♂熱愛一瞬間

車廂一停下，門開的數秒間，他一個箭步進來，一屁股坐在我旁邊。

我正專注在iPad上，一陣子才發覺他的大腿貼著我的大腿。

而那是我喜歡的，粗壯有線條，運動的男生的大腿。

不知是有意，還是捷運位子真的嫌小，我一直覺得他的腿擠壓著我的，腿熱正隔著他的厚布牛仔褲和我的羊毛料西褲，陣陣向我襲來。

他手持大型手機彷彿在看影片，戴著耳機，兩膝之間一袋子放置地上，裡頭是一雙球鞋。

因為只能斜斜看見他側面，我平時引以為傲超準的gaydar，此時竟然派不上用場。

我繼續看我的iPad，他也繼續看他的影片，但就是有種說不出的某種異樣的東西，在我們身體之間傳遞著。

我想起九七年在哈佛，那時有一份免費的同志報叫「*bay window*」，裡頭有兩頁徵友欄，其中一欄叫「hot flash」，說的就是這個時刻吧——「一時擦出了火花」。

上星期五下午三時許在甘迺迪大樓電梯裡，我們在電梯門打開時擦肩而過。你金髮藍眼，著黑呢大衣，我深褐色髮，約五呎八吋。你對我頷首微笑。我有機會再見到你嗎？

昨天在紅線往MIT的地鐵上，你就站在我斜前方不到五公尺處，身穿灰格條紋套頭圓領衫，手提公事包和報紙，我是年近五十的中年人，銀灰髮，蓄髭，褐眼，我們相互對望了有卅秒，然後你就在哈佛廣場站下車了。下車前你又回頭看了我兩次。我知道你要我，而我要你知道我也要你。我們能再相見嗎？

這樣人海撈針式的徵友廣告，一則則讀下來，既驚心又是心酸。這麼一個廣大荒漠的寂寞地球呵，究竟承載了多少痴心妄想。

而車就要到石牌。

我在前一站先站了起來，佯裝走向車門，為的是有機會轉頭看清楚他。

是學生樣子，遠比我原先以為的肌肉發達，載黑框眼鏡，長瘦臉，灰T恤，棕色牛仔褲，球鞋。

一站時間很快到了。

車門打開時我沒有回頭。他的雙眼也正好被鏡框遮住。

我的「hot flash」，如果臺灣也有這樣一份同志報，我會寫去尋找你的。

我們有機會再見一次面嗎？

♂ 不過是名人在約砲

之後很久很久，他便才死了心。

他又開始在網路上到處約砲，只是在打過砲之餘，仍會念念不忘或餘恨未消地問對方：「你知道嗎？我曾經和XXX約過砲……我去過他家耶！」

然後也不管對方想不想聽，他一定將他的那名人一砲從頭至尾再詳述一遍，並每次加上不同的評註：

一，想不到像XXX那樣的名人也會在網上約砲。（潛臺詞：沒想到他還滿爛的。）

二，想不到XXX會和我。（潛臺詞：顯然我的條件還不錯！）

三，想不到XXX才一次以後就不理我了。（潛臺詞：幹！）

四，想不到ＸＸＸ到現在還在到處約砲。（潛臺詞：你看名人就是這樣賤！）

也不管對方心裡是否也正在幹譙：「那你現在在幹嘛？不是正在和我約砲？那到底是我爛還是你爛？」

他已經年過中年，有婚姻，小孩大的都上高中了。自從有了網路約砲這回事，他便瞞著妻小鎮日流連其中。

外在條件平平，加上同志有不少對已婚者頗為忌憚，起初他的祕密約砲事業進行得並不順利。

和ＸＸＸ的那一次卻猶如天上掉下的禮物，令他好幾年之後，還要對相干不相干的網友一一訴說。

「你知道ＸＸＸ的老二有多大？」他有如向Ｘ週刊爆料獨家：「這麼小，」他兩隻食指比出半條熱狗狀。但態度曖昧得令人摸不著頭腦，不知他究竟是在輕蔑對方，還是在炫耀他和ＸＸＸ上過床這件事。

「一個大爛人喔，」他彷然自語：「上過一次床就不理人了……」

這時床上的另一個人心裡想：有沒有聽過什麼叫「一夜情」？人家就只是要一夜情，

再糾纏下去就太不上道了……

繼而想：不過是名人在約砲，這個沒見過世面的傢伙！

「你知道他陽具有多大？」他忘了他才剛說過又問。

床上另外那一人終於受不了，起身著裝，臨出門想著：就是有些人永遠就只能被當作一夜情罷……

CHAPTER 3

人權宣言

出櫃本身不像演員上臺，可以姿態擺好，燈光齊備，只待鑼鼓一響，風光亮相。大多時候還一個踉蹌，眾目睽睽下跌個大跟斗。香港出櫃女詩人游靜說得好：「一旦出櫃，你就會出櫃出個沒完沒了。」身邊的相干及不相干人等，最喜歡的就是把你重新塞進衣櫃裡，再「出」一次給他們看。

出櫃，本身就是這麼殘忍的一回事，

卻也是提昇同志人權最有效的方式。

♂ 出櫃

或許因為出櫃已久，可能可以比較沒有火氣地談這件事，但也只是可能而已。有一年香港出櫃女詩人游靜來臺，她告訴我：「一旦出櫃，你就會出櫃出個沒完沒了。」大眾和媒體就是喜歡把你重新塞回衣櫥裡，重覆觀看你出櫃過程的驚險和痛楚。多麼殘忍。沒錯。出櫃本身就是這麼殘忍的一回事。對於把「同性戀」當作人性一部分的我而言，要逢人就說：「是的，我喜歡和同性做愛。」這姿勢本身就極耗費力氣，而且還時時懷疑其必要性和效果。我選擇了一個比較間接但普遍的方式：從寫作中出櫃。詩，小說，散文，多年不斷寫並發表下來，效果無從估算，只能體會群眾知性上的怠惰性之強大，簡直無從撼動。幾年後我還曾被歹徒恐嚇：要公開我的性向。叫我當下又好氣又好笑，可以勸歹徒多讀讀書？也反省：在文章裡嚷嚷有什麼用？有人就是從不讀你寫的東西的。時光推移，目前已是同志婚姻的立法時刻，但能在檯面上公開出櫃的同志似乎在質和量上並無太大進展。代表著臺灣社會的同志接受度其實很可能只是一個假象，文化上的基本氛圍並無太大轉變。這如果屬實，那真是臺灣的悲哀，因為隱藏的鄉愿心態比公開的鄙視更糟。「出櫃」一辭於我很傳神，電影裡常見到受挫抑鬱的主角「躲在衣櫃」裡的畫面，真的是這樣黑悶悶的，出櫃後這世界就亮了起來，原來的擔憂其實大部分並沒有發生，但人生的高度和廣度卻提昇了。拜寫作之賜，也因為時間累積，大部分人都已經知道我是同志，但還是有人因「知性上的強大怠惰」，對同志不甚了解也不想去了解，遑論支持。因宗教理由而反同的就更等而下之了，迷信愚蠢到了令人無從理解或置信的地步。而臺灣這樣的人還真不少。這也是我親身接觸到反多元成家的群眾後才知道的。臺灣並不如想像的美好，卻是臺灣同志的唯一戰場，許多仗已經打過，未來還有許多仗要打。歐陽文風說得對，出櫃是提昇同志人權最有效的方式。期待未來有更多同志加入出櫃的隊伍。

♂ 我們的第一次

在哈佛醫學院進修時，有回在波士頓市的同志書店找到一本打折的二手書，叫《我的第一次》。講的是每個人的第一次性經驗，翻看前頭的序，大約明白是某報紙或同志雜誌的徵文集結而成，當下便決定買下，回家細讀。

果然書裡的英文篇篇各自南腔北調，雅俗皆具，是徵文得來的沒錯，而我彷然被張愛玲傳染似地，被其中「真實」的氣味所感動，以為「那真實平淡而近自然」的境界，是任何「作家」都造作不出的。「偷窺」的愉悅在閱讀的過程中是絕對存在的。

很驚訝每一位投稿的同志的「第一次」，往往是不甚光彩的，甚至是不堪的，而且比我們想像的早。

約有三分之一發生在小學或更早，大多被引導，發生的對象從鄰家沒大幾歲的哥哥，同學，班級老師，體育教練，養父，叔叔，陌生人，推銷員，甚至是自己的親哥哥或親生父親。或許不似女孩有懷孕或性別弱勢的問題，這些故事雖看似不可思議，敘述者對於自己被「性啟蒙」的經驗或許充滿驚懼，但似乎事後並無太多怨懟。法律上誠然違法，當事者卻並不因此感情太過受傷。或者，是我沒在文章裡讀出來。

極少篇幅是發生在青春期後段的，也由於較年長了，心智較成熟，也愈多帶有感情的成分，不再是純粹權力／體力不對等下的犧牲品。

讀過《我的第一次》第一印象是我們似乎都低估了性發育的心理年齡，同志大都在初初有自我意識時便已性傾向確定，第二，性同時有很大的彈性和複雜性，那些當初誘引的「長者」有的也並未在作者的後來生命中消失，他們繼續存在，只是並非世人眼中的同性戀。有的甚至也娶妻生子，「十分正常」。

想起一對在一起多年的臺灣同志友人，他們共通的成長經驗是第一次的性都是和自己的哥哥發生。兩相對照，也許東西文化差異巨大，但全球性的男同志的成長經驗，並沒有想像中的那麼不同？

♂ 從Grindr 看臺灣

自從iPad用上手以後，身為同志而不使用Grindr，就好像要貓兒不吃腥，魚兒不沾水的一樣困難。

誰知一旦開啟了Grindr帳戶，才知原以為那些以往發生在身邊朋友的神奇事蹟，並非天方夜譚，而且真的就在現實當下立即顯靈。

包括就和住隔壁大樓裡的男子約會。

在同一個捷運車廂裡互相用Grindr確認身分，兩個陌生人因此相識一笑。

經常在車站大廳或任何公眾場合發覺有人遙遠地對你微笑。

吃過飯走出餐廳，發現對街就站著與你互敲多時的「雞排王子」，立刻上前相認並品嚐雞排一串。另一個朋友更因此得到他的「水煎包先生」的一個擁抱。

而公出路過臺灣三天的外國同志，竟也就大辣辣把日期寫在自介上，擺明的只要萍水相逢，露水姻緣。

科技深深改變了人類的行為，卅年前於深夜新公園倉惶奔行的同志們，怎也料想不到如今同志的交友模式會是這樣！

Grindr幫助同志克服了距離，現實的，同時也是心理的。

初上Grindr，一張張千挑萬揀的照片排列開來令人自卑心頓起——怎麼每個同志都長那麼帥？身材那麼優？胸肌這麼發達乳溝那麼明顯？

光看照片臺灣同志素質之高，大約居全球之冠了。

但極大的落差是可笑的約砲英文（為何多用英文我也不解）和「網路禮儀」的低落，包括對「無臉照」的粗暴攻擊，且不知為何有那麼高比例的臺灣同志在自介上寫著TOP（壹號）或BTM（零號）？在西方這早已被認為是異性戀強加在同志身上的「刻板印象」，是同志極欲摘除的歧視標簽，東方同志卻順手拿來往自己身上套？而更可笑的是寫「both」，表示他又扮一又扮零。試問全天下只有這兩種異性戀才想得出來的做愛方式？

否則大可使用「versatile」這個字。

Grindr使得臺灣同志交友頓時「全球化」又「在地化」，但又尖銳且無所遁形地映照出同志文化的盲點與矛盾。在「文化多元」（cultural diversity）已是全球趨勢主流的當下，在臺灣同志運動堪稱亞洲第一的此刻，Grindr無異提供了我們一面反省的鏡子。

♂是父親，老師，還是情人？

近年讀榮格讀到入迷，就不能不觸碰到他與佛洛依德之間那段「愛恨糾纏」的關係。之前翻過的一本描述榮格生平的日本連環漫畫，就直接了當地畫出他們兩人之間的「同性戀」關係。而閱讀兩人的幾本傳記，卻大多對此鮮少著墨，也對兩人絕裂的詳細前因後果，各自有不同的解釋。

然而手邊一本厚厚的榮格死後出版的兩人書信集，赫然超過百萬言，以任何時代的情侶而言，這都是不可思議的「量」，更不用說其中彼此稱呼之「親暱」！論者大多以佛氏的權力交棒觀點及榮格的戀父情結立場來詮釋兩人那一段亦師亦友亦心靈伴侶的歲月。但如不能以情人的角度來看待兩人的「惺惺相惜」，怎能解釋榮格在兩人絕裂後陷入長達六年的黑暗抑鬱期，甚至無法工作，每天畫著療癒心靈的曼陀羅，活脫就是一個遭受情感打擊的精神病患。而佛洛依德呢？在納粹掌權後大舉迫害猶太人之際，榮格去信欲伸出援手，佛氏有性命之危仍斷然拒絕，直到他晚年流亡倫敦，至死都不願接受榮格的任何幫助。

如果只是學術路線之爭，只是對潛意識的見解不同，兩人情誼何以變化至這般田地？兩個成熟男人，又都是心理學泰斗，卻在情感上能如此重創彼此——誰說的只有女人才能傷害男人？

歷史上男人的世界原來就不是我們原先以為的那麼「異性戀」，希臘的男風成俗，但一長一少的搭配除了性的權力框架，其實也具性啟蒙和社會教化的作用，日後少男長成仍可娶妻生子，也仍可另覓年少男伴，與異性戀社會並行而相容。而東方男風相似的閩南沿海一帶，契兄契弟的結拜，共同生活於海上漁家，原也和當地迷信女人不宜上船相應合。兩個漁家男人經年營生於海上，既是工作伙伴，又能是彼此感情的支柱，同時又解決了性需求的問題，誰曰不宜？

近年旅行過幾個中東國家，在教義嚴謹的伊斯蘭世界，男女之防猶勝中國禮教，卻滿街男人與男人手牽手，是同志耶？非耶？

只能說在純男性的世界裡，仍存在許多無法被清楚定義的灰色地帶，在那裡男男如父子師生般交著心，交換著盟誓，有時甚至也交換著體液，卻完全不是我們以為的同志那回事，一切只能如尼采的讚嘆：「人性的，太人性的啊！」

♂ 我支持同志，但……

四月在東京，應「臺灣現代詩研究會」之邀，有機會和日本若干做臺灣文學研究的老師們討論臺灣及日本同志文化的一些異同。以日本同志色情產業之發達，文學傳統裡同性情色題材之豐美，日本學界卻少有這方面的研究，最有力的證據便是酷兒理論在日本是大冷門，不似臺灣學界人必稱之，否則便像是落伍了似的。

但果真臺灣同志運動的進步性超前日本？日本對臺灣的觀察不可不謂深刻。臺灣的同志運動早在卅年或更早即與當年蓄勢待發的女權運動策略結盟，一時風起雲湧，至今可謂成績斐然，有目共睹，但過早與過度緊密地與女權結合，雖快速有效，卻產生了過度「政治化」而太少「情慾化」的弊病。

同志由個人的情慾發端，卻被「同志人權」所掩蓋，身體被權力所保障，卻與歡快絕緣，快感只好在網路及夜店流竄，甚至興起國外少見的「轟趴」風潮，這不能不歸咎於臺灣同志運動太早取得政治正確的合法性，卻忽略了整個社會，仍以近基督教的反同志眼光和性壓抑者的窺奇態度，來對待身己的身體，於是廿一世紀後臺灣人看待同志的方式呈現空前的精神分裂，大腦完全同意同性情慾可以是個人自由，但身體的禁錮卻絲毫沒有鬆動。

「這也就是在臺灣人人可以夸夸其談酷兒理論和同性婚姻，但卻沒有任何同志性產業的產生……」日本學者向我分析：「而日本情形剛好相反。」

所以臺灣人可以問心無愧說我支持同志運動，卻無法忍受自己子女出櫃；同意個人性取向自主，卻阻擋性別平等教育課綱；一面猛看日本A片一面下評論：「日本人最變態了……」一面說要尊重同志，一面媒體卻對同志轟趴或裸體沙灘大量渲染；藝人政客們可以在同志運動場合對著同志信心喊話，做親密戰友狀，但卻沒有一人膽敢出櫃。

十月去了柏林一個月，這以多元開放，自由友善及蓬勃的文化藝術傲視全球的城市，早已選出過同志市長，而且所有的同志商店、博物館、酒吧三溫暖散布整個柏林市，並無所謂「同志區」，讓同志、同志文化成為每位市民生活自然而然、密不可分的一部分，這，才是同志運動大功告成的終極境界罷！

♂ 跋迦利（Vakkali）之戀

像佛陀那般的美男子，按照佛經的說法，應該有不少同志會愛上他吧！

跋迦利就是其中陷得最深的一位。

當他第一眼和佛陀四目相觸，他就深深愛上這位既高大又智慧，既仁慈又英俊的出家王子。

滿心慾念的他立刻加入了僧團，領受俱足戒，但仍戒除不了對佛陀肉身之美的愛戀，無法精進禪修。佛陀對這了然於心，便教導了他幾個禪修的方法，但跋迦利無論如何卻做不到。

「那你還是離開僧團好了，這裡的修行於你無益……」有一天佛陀叱責他。

難過的跋迦利獨自走在荒野的路上，萬念俱灰地從懸崖上跳下，這時佛陀運用了神通力，讓他的身體浮在半空中，並示現自己的美好肉身在跋迦利眼前：「你看見的肉身並不真實。你唯有看見了法才能看見我，而看見了我，也應當有如看見了法一般。」

之後跋迦利毫髮無傷地著地，從此知道了這正是佛陀指點他的法門：見人如見法，見法如見人。

於是他依照這法門深入學習，一直到他病重。

他拖著病體求見佛陀，佛陀一聽跋迦利生病，立刻披起袈衣出發向他寄身的置放陶器的草棚，來到他的床邊。

跋迦利一聽是佛陀親自來看他，掙扎著想從床上起來行禮，佛陀立刻制止了他。兩人只是平靜地交談，討論了一些法的體驗，佛陀問他：「你現在的痛是更多了還是更少了？」跋迦剎說：「現在的痛不更多也不更少。」

最後佛陀說了些安慰跋迦利的話便離開了。

不久便傳來跋迦利因不堪病痛的折磨，而割喉自殺的消息。

佛陀知道了似乎也無甚驚訝，只是立刻趕到了跋迦利的遺體身邊，仔細觀察了他的面色，對著圍繞在身邊的群眾說：「你們看，跋迦利的面色如此清淨平和，表示他已在死前證得阿羅漢，從此不再受輪迴之苦了。」

♂歌曲之王是同志

於聯副讀到李敏勇先生的「墓誌銘風景」專欄，提到「歌曲之王」舒伯特。很訝異關於舒伯特是同志身分這在古典音樂界幾乎已成「常識」的事實，竟然文中隻字未提。

舒伯特一生未婚，也沒有親密的女性朋友，和同性友人書信往來反而異常的熱情和曖昧。身高僅一五六公分，俊美的臉孔，一點女性化的氣質，近代的研究發現他的音樂創作與他壓抑同志身分和感情受挫，有著密不可分的關係。舒伯特的音樂極具女性特質，可是多年來少有人敢公開指出這些音樂和舒伯特的同性戀傾向有關。舒伯特短短一生作品數量驚人，藝術歌曲《甘尼梅德》（Ganymed）是其同志暗示較清楚的作品：宙斯化作老鷹把愛慕的美少年擄走，故事本身就很同志。由於他個性善良真誠，才氣縱橫，生前已吸引眾多仰慕者聚集成「舒伯特黨」（Schubertiade），定期集會，其中或許也包藏了他鮮為人知的同志戀情吧。

根據舒伯特樂曲的熱情和歌詞傾訴的對象、他合作的事業夥伴、書信往來、病故的緣由，甚至音樂的曲調和聲不同於異男的氣質，西方同志早已把他的作品視為「同志音樂」，和柴可夫斯基堪稱古典音樂界的「同志雙璧」，連維也納的《同志導覽》手冊也將舒伯特故居納入同志旅遊必遊景點。而東方人接觸舒伯特音樂已久，卻仍不了解其音樂創作背後的心路，難道誠如亨利·詹姆斯所說：「生命中總有連舒伯特也要無聲以對的時刻……（There are moments in our life when even Schubert has nothing to say to us.）」

♂ 娘娘腔男孩症？

在上個世紀七〇年代，美國加州有一個聰明可愛的小男孩叫柯克（Kirk Andrew Murphy）。

五歲那年他因為愛玩洋娃娃，而被憂心的父母送去UCLA（洛杉磯加利福尼亞大學）參加一項為期十個月的「娘娘腔男孩改造實驗」。

實驗期間柯克備受凌辱，結束後治療師還要求父母繼續以體罰的方式持續這實驗。只要柯克有任何陰柔的舉止，週末便會遭受父親的摑掌和鞭刑。

長成後的柯克外表舉止粗獷，加入美國空軍服役，以優異成績退伍後經商，看似成功的人生卻在三十八歲那年，以上吊自殺結束。

柯克在廿歲那年出櫃，卻因無法自我認同而沮喪憂鬱，同時也無法和任何人維持親密關係。

當年主導這項「同性戀預防及矯治」計畫的治療師，正是美國反同志運動的頭頭之一雷克斯（George Alan Rekers），他不但捏造了一個疾病叫「娘娘腔男孩症候群」（sissy boy syndrome），還利用柯克這個案例四處為自己宣傳，多次在學術期刊上發表，以支持他「同性戀可以被治療」的論點，甚至在他得知柯克自殺的六年後（二〇〇九年），他還是在他的出版品中繼續宣傳柯克是他治療同性戀一個成功的案例。

諷刺的是二〇一〇年雷克斯和一位男妓出遊歐洲被媒體發現披露，至此他才原型畢露，臭名遠播，成為基督教試圖「矯正」同志的諸多治療師／牧師自己卻鬧出性醜聞的其中一員。

為什麼這些來自保守教會的「治療師」們最後狼狽出櫃的這麼多？

濟慈的詩說得好：「昨日被蜘蛛吞噬的，明日都化做蛛網。」

因為不能接受自己，轉而迫害同類，正是「為虎作倀」最佳的注腳。

二〇一二年世界衛生組織因此發表一份用詞強烈的反對任何「治療」同志的聲明叫

「為一種不存在的疾病治療」（"Cures" for an Illness that Does Not Exist）。

回想上個世紀七〇年代，當柯克正在接受「矯正」的時候，也正是我在醫學院上「精神醫學」的時候。課本裡非但沒有「同性戀」三個字，老師還在課堂上講述了許多歷史上企圖「治療」同性戀的荒謬方法，令同學們笑成一團。

當年是誰讓柯克失去愛的能力並走上絕路？

在臺灣教會努力複製西方右派的可笑作法以阻擋多元成家之際，這是值得人人反躬自省的一個問題！

♂ 同志婚姻實況

婚姻裡包藏了多少欺瞞，身為同志體會不深，直到看discovery頻道某一集講到親子鑑定，才發現竟然全世界大約有六分之一的男人，養的是別人的骨肉而不自知。

而又有多少女人嫁給了如假包換的同志而不自知？（反之亦然，多少男人不知道老婆有女朋友？）

但仔細觀察身邊的同志，才發現臺灣同志走入婚姻的，並無太多欺瞞的成分，最多只是雙方對「性取向」認知上的差距。因為大部分同志在婚前已先告知女方自己的同志身分。而女方居然肯嫁？

為什麼？是以為婚後「性向」自然可以轉變？還是因為太愛對方可以對這另類情慾睜

一隻眼閉一隻眼？還是更阿Q的想法：只要他不愛上另一個女人就好，男人沒有關係？

而女人可以在婚姻裡忍受無性的生活？對這問題居然許多夫妻白了我一眼：你不知道有多少婚姻其實是無性的？小孩生完夫妻就分房睡是很常見的現象啊！

所以同志結婚倒也不如想像中艱難或充滿爾虞我詐，如果雙方都有一些認命：反正好歹要給家裡一個交待，而小孩總是要有的，男同志挑的結婚對象大部分是「女性朋友」，不少是大學、高中，甚至是國中同學，青梅竹馬。

而女人也有真愛同志的。愛同志不同於直男的細膩、敏感、體貼、品味，有才華。又會穿衣服，整潔，不大男人。

沒有聽說同志婚姻裡有家暴的。男同志和老婆更像是「朋友」。

像三島在日本是人盡皆知的同志，但為顧及家族顏面至今仍不能公開談論。倒是三島自己承認能夠生小孩，靠的完全是「晨波」——亦即男人早晨自然的生理反應勃起而插入，沒有情慾的成分。

大陸實施一胎化後人人嫁娶的壓力更加嚴峻，同志結婚衍生的問題也隨著產生，「同妻」成了虛有其表的婚姻受害者。我一位深圳同志朋友告訴我，他到了適婚年齡上網找對象，以他俊美的外表和穩定的工作居然四處碰壁，大多女人一眼便拆穿他：你是不是同志？

看來存心想欺瞞的同志婚姻也不那麼容易了，在這網路時代女人也都提高了警覺：男同志或許是女人最好的閨中密友，但結婚可又不同了，妳能夠忍受對方對妳一顆子彈沒有？

♂ 流不盡的眼淚

一九九六年，好友Allen走了。

之後，雞尾酒療法通過，問市。

九七年來到哈佛醫學院，環境丕變，異鄉作客，原以為不再為前情所擾，但只要有人當面提起「愛滋」二字，眼淚還是可以像開水籠頭似地哭啊哭地，毫無辦法。

哈佛那三年卻彷彿是個分水嶺，站上去看，之前的「臺灣經驗」，誠如蘇珊・宋坦格在「疾病的隱喻」所言，結核病是溫柔浪漫的象徵，愛滋病則像軍隊打仗，必得「殲滅」而後快。包括病，以及病人。只不過這場全球性的戰役，臺灣打起來更像一團亂仗。

於是醫護人員全身包裹得像太空人一般，迎接了全臺第一位愛滋病患住院。衛生署祭出「生者難堪，死者難看」的恫嚇口號，（更經典的還有日本的防疫守則：不要和外國人做愛。）並拒絕魔術強生入境。報紙如《聖經》般教導民眾「不可行肛交」，後來才發現搞錯了，是「不可有體液交換」。

一旦驗出愛滋，那時候的辦法跡近「自我了斷」，一個個突然「失去連絡」的朋友，便隱約覺出不祥，趕緊找另一群朋友告問，講得唇乾舌躁，一旦確認，那個人就是死了。死定了。

出版社也趕潮流，書一本接一本出，我翻過一本半日記體的《給那沒有救我的朋友》，說是傅柯的某前男友寫的，滿紙對愛滋疫苗及解藥的焦灼等待，因為眼看來日不多了。而我看著書的時候，其實作者已經死了，傅柯也早已死了，紐瑞耶夫也死了，洛赫遜也死了，一時間，一整個引領時代風騷的人物幾乎要被愛滋颶風摧殘殆盡，伊麗莎白・泰勒捐出了近天文數字的財富，還勇敢跳出來在記者面前和病人嘴對嘴親吻，告訴大家這樣不會傳染。然後電影「費城」襲捲當年的奧斯卡，我坐在戲院裡和湯姆漢克一起聆聽那段同志最愛的歌劇，淚如雨下。

而波士頓區或說美國，群眾對待愛滋卻是另一種態度，另一番風景。

每年「為愛滋而走」（walk for AIDS）簡直算得上是波士頓市的年度盛事，多的是全家大小，扶老攜幼來參加，一起繞行波士頓市約五哩路，又捐錢，又唱又跳，最後群眾聚集平民公園（Boston Common），草坪上幾千張愛滋被單平躺在靜謐的一角，另一頭從露天音樂臺傳來當紅樂手馬拉松式接力表演的歌聲，直要鬧到近午夜才結束。而我走在那一大片愛滋被單當中，想起出國前曾為Allen設計愛滋被單，又哭了。一場為愛滋而走，可以為愛滋防治募得數千萬美金，每年一次，年年如此盛大。如此平和，理解，同情。因為社會已有共識，愛滋原是每一個人共同面對的，它既非少數群族的「天譴」，也非「性濫交」者的「懲罰」，愛滋的傳染途徑原與B型肝炎無異。

又收到電郵，通知哈佛校園舉行愛滋詩朗誦，所有帶原者、發病者、醫生護士、老師學生，輪番上臺。另日又通知，市政府在廣場前為愛滋病患舉辦年終餐會，在天寒地凍中大夥兒一同去做志工。感覺美國這個社會真的為愛滋整個動了起來，沒有恐懼，沒有歧視，只有共同面對，解決問題。

那彷彿就是身為人類社會一體休戚與共的共同感，而自然而然生起的責任心，而採取的自發性的行動。沒有半點勉強，不需任何鼓動，就是不分彼此，有志一同。相較之下，臺灣真的是小，而且是自己做小。

二〇〇〇年回到臺灣，報上怵目驚心底斗大標題：老婆婆因驗出愛滋陽性，遭子女棄養街頭。愛滋照護收容機構被社區居民排斥，不得不搬遷流離。有人因抽血報告洩露而工作不保，打官司還敗訴，可見得雖有立法保護工作權，但徒法不足以自行，人心才是重點。而某醫學中心的某醫師則擺明了不為愛滋帶原者動手術，大家心知肚明，也都視若無睹。一位老爸爸只因為我登在報上一篇支持愛滋病患的文字，竟登門拜訪，抱著我激動哭泣。

一切唯美國是瞻的臺灣社會在愛滋議題上，竟存在如此巨大反差。

回想起波士頓的歲月，那股面對愛滋的巨大正面能量，連當地報紙上的徵友版面都特別另闢「愛滋陽性」這個欄目，許多人的自我介紹上就這麼填著：愛滋陽性而且健康。是的，無論生理上或心理上，都是，都可以那麼理直氣壯。

為什麼不呢？為什麼不能呢？在臺灣。

如此充滿敵視，輕蔑，惡意與誤解的大環境裡，愛滋帶原比率仍然年年增高，可見得對立與指責永遠無法解決問題，更可能的是玉石俱焚。

好友歐陽文風不但是位熱衷同志運動的出櫃牧師，更在今年夏天和他的愛滋帶原伴侶在紐約註冊結婚，兩人相戀同居紐約市多年，如今修成正果，婚禮雙方家人齊聚一堂，祝福無限。看著他傳來的婚禮影像，兩人相對誦著寫給彼此的誓言，我又流下了眼淚。只是這回充滿了幸福與驕傲，感動與喜樂。原來同志，即便是個愛滋帶原的同志，也能一如常人擁有直面開展的人生。

願死者安息，生者平安有望。

♂ 誰來守護人性？

在看電影《遲來的守護者》（*Philomena*）時，腦中不時閃過幾部老電影的影子。同是真人真事，同是尋親的主題，一九八二年由兩大演技派演員傑克李蒙和西西史派克主演的《失蹤》（*Missing*, 1982）似乎格局更大些，影片藉由尋找因採訪中南美洲某國軍事政變而「神秘失蹤」的記者，一路大揭美國介入他國政局因而導致恐怖血腥屠殺的瘡疤，片中若干類似紀錄片的片段極具震撼力，而結局暗示這位鍥而不捨的美國記者其實正死於美國中情局之手（或在其默許之下），更添故事荒謬性與悲愴感。

而《遲》片所揭露的，卻是教會的非人性。故事採取剝洋蔥式的漸進手法，巧妙地將真相一層又一層分段揭露，層與層之間，便是演員在人性與情緒轉折當下大好發揮演技的時刻。原本以為修道院將收容的未婚懷孕少女的孩子出售換取暴利，已是最大的罪惡，誰知故事揭露的最終真相，新的罪行遠遠超過販嬰醜聞和湮滅罪證的層次，而已達道德上「人性的恐怖」的境地。

劇終當年主導賣嬰的老修女院長面對責難猶振振有辭，她一生經由「自我否定」和「壓抑性慾」來事奉神，進而養成變態的自大心理，使她論斷並合理化這一切罪行，更以「淫慾理當懲罰」的神奇理由試圖為自己辯解脫罪，背後的制度性的扭曲人性尤令人髮指。

回顧西方戲劇歷史，質疑教會並揭露教會黑幕的作品所在多有，大概教會從中世紀以來，一路迫害異端、鼓動戰爭、販賣贖罪券、追獵女巫以至全面壟斷知識和神人交通，故事題材實在多到不勝枚舉，而西方文化反省的深刻也遠非亞洲等地習於被基督教文明殖民的人們所能理解想像。同是真人傳記搬上銀幕的《修女傳》（*The Nun's Story*, 1958），奧黛莉赫本飾演的修女路克可以拋棄一切親情愛情走入修道院，卻無法對教會「絕對服從」背後的人性黑暗沒有一絲一毫的「懷疑」，終於還是過不了自己這一關，而選擇了還俗。而梅莉史翠普和剛去世的影帝菲利普．西摩．霍夫曼的世紀對手好戲——一位修女校長在毫無證據的狀況下，僅憑「懷疑」教區神父性侵黑人幼童，便立即上演一齣血淋淋的權力鬥爭戲瑪，英文片名就叫《懷疑》（*Doubt*, 2008）。

有「懷疑」之處，信仰便已死亡，而神只有遠離。

而集教會黑幕電影之大成的顛峰作品，莫過於〇〇七演員史恩康納萊主演的《玫瑰的名字》（*The Name of theRose*, 1986），由義大利符號學家與小說家翁貝爾托．埃可的同名小說改編。故事描述一個發生在義大利中世紀修道院的神祕連續殺人故事。方濟會士威廉與弟子受修道院長的委託調查這一連串命案，卻發現所有證據都直指一本禁書（每位死者都曾看過這本書）——失傳的亞里斯多德所著《詩學》第二卷。《詩學》第一卷討論悲劇，而這虛構的第二卷則是討論喜劇。喜劇讓人發笑，這與當時保守的基督教思想抵觸。因為如果歡樂勝過苦難，那人類就再也不需要宗教信仰。而這點讓當時掌握知識的修士們寢食難安，因而痛下毒手。

誠如《遲》片中的記者男主角（兼編劇）所問：「如果是上帝創造了人類的慾望，為何又要人壓抑它？人性的提昇與圓滿可以經由對人自身的否定與壓制為手段來達成？」無怪乎自詡「不相信上帝」的他最後也禁不住斥責修道院那群神父修女「無基督精神！」

（No Christianity!）

影片中教堂裡遍尋不到神，但在茱蒂丹契所扮演的母親角色裡，卻充斥著神性的溫暖光輝。如她在得知兒子性傾向時的會心一笑，如她在最終真相揭露後選擇了原諒。這位被迫母子分隔五十年，又被教會鄙視為「淫女」的平凡母親，其堅持真相與原諒的勇氣，不正是神性的道成肉身的光芒示現嗎？

也許這位平凡母親在今日臺灣，當右派教會指著某些族群說是巫術的網羅時，她能絲毫不動怒地告訴他們：「我選擇了原諒你」，以及告訴人們人性的真相。

比起遙不可及的神，平凡的我們更需要的，其實是這樣的人性守護者，不是嗎？

♂ 現在是以後了嗎？

結識歐陽文風緣起於亞都麗緻飯店的一次錯身。

而在那次錯身之前一天，我拿起置於書架上已有一段時日的《現在是以後了嗎？》，對著裡頭的照片仔細端詳。

天下就是有那麼巧的事。

先是歐陽，再是他的父母。

歐陽是吸引人的亞洲男子，皮膚白皙，五官立體，鵝臉蛋俊俏中帶些書卷氣，並不特別陽剛，但眉宇間有著桀驁不馴的一股神氣。及其稍長，頭髮留長中分，身材顯得壯碩，卻感覺上並不快樂。那是他尚未出櫃時的身影。

更多時候我注視他的父母。上世紀六，七〇年代的老照片，面目看來都特別清秀。父親英挺，母親慈愛。都是那個刻苦勤儉時代的典型父母模樣。而照片裡的文風就是這麼一個與一般家庭裡成長的小孩絲毫無異的孩子。再讀內文，才深刻領略了文風卅三歲前，有如風暴襲捲過的殊異人生。

在宗教氣氛濃厚的基督教家庭長大，文風早早便面臨了情慾與信仰衝突的矛盾。他一方面偷嚐同志禁果，一方面心存僥倖，以為有朝一日他或能轉變。命運弄人之處在於，日後他真的遇見了一個他以為可以為她改變性取向的好女孩，美麗聰慧，善體人意。結婚之後兩人赴美進修，命運之手再度出手，將他推向另一個深淵：他發現他對西方男人有好感。

卅而立之年，對大多數直男而言生命才剛要開始，文風卻已經歷了離婚與出櫃，兩者皆為他家庭所信奉的保守教會所不容。而真正令文風心痛的，還是他同時傷害了兩個深愛他的女人：他的母親和他的妻子。

「喜歡同性」只是「個人品味特殊」，還是「生命不可或缺的一部分」？在《聖經》產生的時代，人類根本還沒有「同性戀」的觀念，同志真的和《聖經》抵觸？而在這人人追求自我，視自我實現為理所當然的人生目標的年代，文風的覺醒卻要經由傷害身邊深愛他的人方能達成，午夜夢迴，他能夠不扼腕？

此刻同性情慾彷彿一扇窗，引光洞照他的靈魂，包括神和他的關係。卅三歲的他開始書寫這本出櫃自傳，是宣言，也是對生命過往的重新審視，梳理，和再出發。原來應該是字字血淚，文風寫來卻是雲淡風清、平和、幽默、時有神來之筆，對照他本人，充分應現他人格的坦誠方正，心胸寬大，理性感性平衡兼具。如果不是一顆勇敢而高貴的靈魂，如何能夠如此下筆舉重若輕？

愈認識文風，愈明白這本出櫃傳記書寫的彌足珍貴。身處多方爭議焦點的文風，以一個同志基督徒的身分成長於保守的國度——穆斯林馬來西亞，走過壓抑的青少年，異性戀婚姻，取得博士學位後，如今成為出櫃的同志牧師、大學老師，伴侶還是愛滋帶原者。身為亞洲同志，誰還能擁有更傳奇性的人生？

也許文風絲毫不覺他在全球同志人權運動上處於一個如何微妙而重要的位置，宗教的、種族的、性與性別的，我遠在地球另一端的臺北都能感受人在紐約的他，肩膀上的承擔是何等的神奇與重大。

有幸能夠成為文風的摯友，也樂見這樣一本華文世界極重要的同志書寫終於在臺灣出版。最後還是忍不住要借艾爾頓・強的歌詞，對文風說聲：「這世界有了你，真好！」

加油，文風。

♂ 芬蘭湯姆的悲哀

看過了許多芬蘭湯姆（Tom of Finland）的作品之後，很久很久，才看到他本人的照片。典型北歐男人的長臉，淡色毛髮，瘦長個子，蓄著短髭，半垂略帶憂鬱的眼神，倚在他的伴侶身邊。兩人都很尋常一般。

這點令我驚異。相對於他筆下的生猛人物，他簡直像個意淫過度的病弱老頭。

不可否認，芬蘭湯姆的畫作安慰了全世界許多男同志的寂寞，滿足了許多人深埋靈魂不願見天日的性幻想，普遍方型臉有著堅毅的下巴和性感的嘴唇，百分之百雄性荷爾蒙噴濺的胴體，豐胸翹臀粗大腿，加上制服（從納粹黑衫、警察、消防隊員、牛仔到水手），幾乎表現了所有制服癖的可能想像。芬蘭湯姆以他不可思議的鉛筆素描功力，具體描繪出同志心目中幾近完美的男性臉蛋和無瑕肉身，加上肆無忌憚的多樣性行為和場域，包括肛交、愉虐、偷窺和綑綁，既百無禁忌，又溫柔奔放。我的畫架上隨著歲月，累積了一本又一本的芬蘭湯姆畫冊，多年以來不但視若珍寶，且愛不釋手。

有誰能比芬蘭湯姆更能抓住男同志的性幻想的普遍「典型」性？在西方似乎更無出其右者。可惜芬蘭湯姆似乎從未畫過東方男人，這點也招至種族主義的批評。

然而他本人卻是這樣一個既不健身，也不「陽剛」的男同志，和他筆下精液幾乎要滿出的種馬男人恰成強烈對比。

為什麼？在我準備著同志油畫展的當下，我突然警醒到：我會不會有成為另一個芬蘭湯姆的可能？

我是說，那衰老的意淫的眼珠，從中幻生顛倒世間之慾望法則的男同眾相？

多年以來芬蘭湯姆的男體鉛筆插畫早已進入美術館典藏，但誠如藝評家所言：芬蘭湯姆的作品不是拿來評論的，而是用來意淫的。

當我在全新的畫布上勾勒著連健美選手也比不上的肌肉男體，我聽見內心另一個聲音：我也要成為這麼壯這麼超級的男性……

♂ 男慾天堂

從小就是個「視覺型」的小孩，很會隨手塗鴉。可是繪畫的天分並沒有在求學的歲月中獲得發展或「栽培」。直到卅以後有機會在哈佛醫學院重做學生，才重拾畫筆，畫的是內心最受誘惑的男體。畫在衣櫥裡擺了十幾年，去年底終於（東西愈來愈多實在擺不下）拿出來展，居然成績不俗，賣得火熱。

男體畫在廿一世紀的臺灣，居然有市場？

翻看西方藝術史，有一大段時間對男體的愛慾注視，只能偷渡。希臘羅馬的男體雕像太完美了，美到無法言「慾」——起碼，不是世俗的意淫對象。

遊走在色情與藝術邊緣是個可行的方式，最著名的例子莫過於「聖塞巴史汀的殉教」

（Martirio di San Sebastiano）。這個如假包換的宗教題材，在漫長的中世紀逐漸轉變為同性情慾的男體偶像，這過程可以充分說明男慾在文化創作裡多麼需要一個出口。聖塞巴史汀原是羅馬軍人，受耶穌感召而倒戈被處以極刑，壯碩的男體被折磨同時被神聖化，卻又暗藏愉虐式的色情想像。三島由紀夫在他《假面的告白》直言不諱：聖塞巴史汀的畫像可以令他高潮。

相對於眾多（已經太多）對女性身體的歌頌，男性身體在藝術上的表現曾經飽受凌辱，包括某任教宗曾下令將所有藝術品（包括繪畫和雕刻）的男性生殖器塗上葉子，或加以毀壞遮蓋。有次在柏林一個博物館，有個展室專門展出生殖器遭毀壞的希羅式男體雕像，真是怵目驚心，又心痛。

東方歷史對男性身體的表現較西方更為陌生和含蓄。在性別議題蔚為世界文化顯學的今日，臺灣的繪畫對於男體注視方式仍然是保守的，制式的，欲言又止的，甚至顧左右而言他，點到為止，背後隱藏的封建心態足堪玩味。

「男慾天堂」的系列男體創作，採取大辣辣直接凝視男性性感「刺點」的方式，從網絡色情網站、三溫暖廣告、男同志旅遊指南、健身雜誌，甚至是色情用品宣傳單取材，以這些大量出現的商業性誘惑的男體，在油畫布上以影像輸出，拼貼，複合媒材，甚至炭筆素描呈現，試圖由此輻射出宗教面向（男性肉感的菩薩像），卡漫面向（如七龍珠的壯碩男體版），或以詼諧幽默或詩意的方式呈現男同志今日的情慾現場和處境。

或許，今日同志文化裡，最需要的就是詼諧，幽默和詩意吧？

♂「過渡」與「多樣」的眼淚

有一次聽歐陽文風牧師傳道，他提到在《聖經》產生的年代，古猶太的律法認為皮膚上有白斑（白化症）的人，是屬於「不潔淨」的族類，是不被允許進入神的殿堂內禮拜的。但如果這塊皮膚上的白斑嚴重漫延至全身，渾身上下皆被徹底「白化」之後，他又是潔淨的了，可以進入聖殿的了。

這個故事令我尋思良久。

人類歷史的進化似乎到了近期才愈能容忍「多樣」性的存在，和人與人之間「光譜狀」的連續性差異。世界上原來就不存在著非黑即白的事，「性」事尤其是，但回顧人類漫長的歷史，大多數時候人類還是想把全人類塞進既有的道德或制度框框裡，為了一個抽象虛構的「理想」或「標準」，而可以犧牲其實是大多數人的「差異性」和「多元性」。

進化至今，其中仍然牢不可破的，幾乎就只剩下「婚姻」和「家庭」的概念。

就像一個皮膚白化的人，你要嘛全身正常，要嘛你就白到一顆黑色素細胞不留。處於兩者之間令人不知所措，寢食難安，只好將之打入異類，不得進入主流聖殿。

一直要到金賽性學報告出爐，人類才驚覺其實大多數人在性別或性取向上，是站在「男」與「女」的兩極之間，性別光譜的中間某一點，而且有游移活動的空間與可能。而概念上的「男」（陽）與「女」（陰），其中也不乏社會建構的成分，和生物生理未必相符相容。以佛教的角度來看，性別的概念亦屬「眾生相」，正是金剛經裡菩薩行佈施所要超越的四相之一。

前一陣子去了一趟西安，在半途巧遇路旁有野臺戲，聽了一下也聽不出個所以然，卻想起張愛玲愛看這樣的戲。忠孝節義，才子佳人，君君臣臣，男耕女織，中國人將一個理想化的社會投射在舞臺上，個個那樣忠奸分明，愛憎明朗，有心事大大唱出來，且喜怒必形於色。「思之令人落淚。」張是這麼說的。

因為現實的世界裡，我們都複雜至面目模糊，喜怒難形於色。身上也都密藏著一塊白斑，在神的殿堂之外，徘徊張望，久久舉步艱難。

♂真崎航的菩薩行

真崎航走了。他的走，在亞洲的同志圈引發一陣哀嘆。因為拒絕會在腹部留下刀疤的手術，他的盲腸炎引發腹膜炎，終而病逝。看似愚蠢而荒謬。

上網看了幾則真崎航的訪談，才明白這拒絕開刀的背後，是如何一顆對A片男優身分的尊重和堅持，對同志色情產業的投入與奉獻。

多麼奇異的志業！而真崎航對這主流價值往往不屑一顧的「脫星」生涯，竟可以做到生死以之。

細膩光滑的無瑕肌膚，勻稱發達的雄性肌肉，直挺偉岸的陽性生殖器，精巧細緻的五官，都不是真崎航在眾脫星中得以脫穎而出的原因，「站著不高，躺著比誰都高」也並非其真正勝場，而是他的投入，他的認真，他的誠懇與無所保留，他的無論各種類型（包括和女人做愛）的全力配合，使有真崎航的同志A片看來臨場感十足，感情與身體皆深度進入狀況，毫無逢場作戲之感，甚至高潮處靈肉合一令人動容。有真琦航的同志A片，不僅是品質掛保證，觀者與演員同high，簡直就應該列入所有學生（包括異性戀）的性教育教材。

看著真崎航的A片，也就想起中國古老的「溫州婦人」傳說，也就是「鎖骨菩薩」的故事。一位人盡可夫的淫蕩女在死後，竟被僧人指認出原是菩薩——這也就是後來「馬郎婦菩薩」和眾多「魚籃觀音」故事的源頭。只是加了禮教的內涵，「性」成了「先以欲勾牽」的傳教手段，和原故事裡「性」本身就是菩薩行的一部分的開放觀念，相差不知凡幾。

多少思春期的少男少女，因為不欲人知的同性慾望而將自己徹底封閉，午夜夢迴之際，寂寞徬徨，這時再偉大的莎士比亞或《紅樓夢》也幫忙不了，唯有真崎航神一般的情真意切，無瑕肉身，淋漓酣暢地親自演示何謂爽砲，振聾發聵，方能解救安慰年輕的靈魂於萬劫不復……

偉哉真崎航。願你安息。

♂ 你不可以坐他旁邊

Shyne是認識多年的出版人。從我年輕時出書到如今知天命之年，認識時間超過卅年，只覺得他思想開通，手腕靈活，一個人白手起家，在而立之年即成立一家頗具規模的出版社，頗不容易，卻從不知他對同志的態度如何。

當然Shyne是百分百的直男，早早便已娶妻生子，人不但長相瀟灑，而身材壯碩，富女人緣卻多年從未聽說過他的八卦，也算是顧家好男人一枚了。

因為幫他旗下一名作者的書寫序，書卻意外暢銷，因而有了這場由他作東的飯局。

他，他家人，作者，作者家人，外加一個我，好生尷尬。

宴請在一家頗為高檔的餐廳，第一次見到Shyne的家人，包括他早早送到美國唸長春藤，剛好回來過寒假的兒子Albert。

Albert深受美國校園文化影響，說話中英夾雜，三句不離職棒大聯盟，才唸高中已身高六呎，一副跟誰都稱兄道弟的ABC模樣。

而他一見到我便上前攀談，十分熱絡，由於我待過哈佛，對新英格蘭區還算熟，他就讀的高中也曾開車經過，還有Albert常去的波士頓棒球場，兩人話匣子很快打開了。

但待要入席，Shyne很明顯遠遠瞟來一道嚴穆的眼光，看著我，又看向Albert。

「Albert！坐過來Mom這裡。」Shyne硬生生打斷我們的談話，把Albert支使得遠遠的。結果我坐在作者的女朋友的旁邊，和Albert呈最遠距離的對角線。

席間Albert幾次要和我說話，皆被Shyne巧妙地阻止或中斷。

我敏感地猜到Shyne的用意，暗自嘆了口氣。

用完餐時間已不早了，散席時我知趣地避開了Albert，只和Shyne的女兒握手道別。

Shyne的出版社曾出版過不少支持同志或頗前進的性別議題的書。很顯然，出版是一回事，他內心怎麼想又是一回事。

想起許多我認識的臺灣文化人，經常口頭上說得頭頭是道，卻不能容忍自己兒子出櫃。

多麼典型可悲的文化人！
我從此沒再見過Shyne。

♂ 正午的黑暗

二〇一三年十一月卅日凱道上反多元成家的聚會講臺上，除了幾位西瓜倚大半或信教信成基本教義的腦殘政治人物外，堪稱世紀奇景的，就是那些排排站在一起的宗教人物了。

當初基督教從天主教分出時，天主教不是指著罵說：「除天主教外，別無救恩嗎？」

如今他們站在一起。

當初基督教不是明白宣稱跨國婚配的統X教是「邪教」嗎？（老實說如果不是這次遊行我還不知道統X教還存在地球上）。如今他們站在一起。

致於佛教道教一貫道，不都是基督教眼中的「拜偶像」的，拿香拜死人的宗教，根本違反了摩西的十誡。如今他們通通站在一起。
一時間彷彿人類道德已進化至世界大同。
如果說同志違反《聖經》，這樣難道就不違反？誰在決定這「違反」的優先次序？
網友們說這就像當年六大門派圍攻光明頂，只為幹掉一個手無寸鐵的張無忌。
是什麼使這些平時彼此殺得眼紅的各派大師們手牽手排排坐？
如果你真以為他們皆為「捍衛家庭價值」而來，天真無邪的你就是被洗腦了。
家庭已有民法保護，何勞教會？
講明白一點，教會什麼都不怕，就怕沒有信眾。你得不得救升不升天我說了算，可是錢可不能不捐！奉獻絕對不能少！
因為上帝的殿堂不會天上掉下來，眾多神職人員的薪水神也不負責買單，政客要選票，教會要吃飯，這是再現實不過的事。現在民調過半數人贊成多元成家，所以政治人物多偃旗息鼓，不便太正式表態。
於是宗教只好鼓動信眾胡扯著多元成家是鼓勵亂倫多P和獸姦，內心其實是在恐懼著，多元成家後，信眾會流失罷？

或許，這裡我們可以問：為什麼不是信眾會增加？多元成家後人類就不再需要救贖，解脫和神的愛了嗎？

放下被死啃啃壞的《聖經》，看看耶穌這普世之愛的道成肉身罷：要愛你的鄰人如愛你自己……可憐的宗教人物，你們愛了嗎？

你們究竟在害怕什麼？

♂「雄性」的幻影

西方流行一則同志笑話，叫「三——六——九原則」：同志如果本人的「雄性指數」是三分，那麼他一定以為自己是六分，而他一定要找到一個對象的雄性指數是九分。

而臺灣的同志圈也流行一句話叫：有奶便是娘，尤其是在健身房。

指的是有些同志明明很娘，卻一身健身房養出的肌肉，尤其喜好鍛鍊那兩塊偉岸甚至超過波霸女人的大胸肌，而博得「金剛芭比」和「肌肉瑪麗」（muscle marry）之名，而且其「娘」的程度，通常和其奶之大小成正比。

為什麼同志追求肌肉？肌肉堆砌不出「雄性」，正如「金錢」買不到「幸福」的道理一樣通俗簡單，但人人趨之若鶩，樂此不疲。

同樣，「雄性的幻影」除了肌肉，還包括鬍鬚渣渣，海軍短髮，濃眉大眼，濃密體毛，特殊味道（包括體味或如香菸，男性費洛蒙香水等），性感皺紋，刺青，低沉厚實的嗓音，高聳光亮的額頭等；外在一點的追求重型機車或野戰軍人裝備等的「正港男人樣板」，時尚一點的在乎精心設計的粗獷牛仔褲或拉場襯衫，形而下一點的在乎巨根大屌角度上昂四十五度，最好還帶倒勾吊環；變態一點的身穿皮革納粹黑衫軍服（也不在乎蓋世太保在二次大戰前曾如何殘忍迫害同志）……這林林總總，說穿了無非都是「雄性」的幻影，從抽象形而上的「男人味」（如慾望城市裡凱莉喜愛的「大人物」），到可雙手實際掌握的陽具陰莖（如莎曼珊可以因為約會的男人那話兒太小而嚎啕大哭），都是。

而同志為何容易在街頭被認出？其理甚明，因為一身刻意堆砌出的「雄性」！

尤其「熊熊」當道的今日，如果短髮鬚鬚，一身肌肉，T恤袖子捲起，短褲短靴，中間露出一截粗壯毛毛腿……要這人不是同志，也難！

♂ 誰在鼓勵多P通姦？

上週末去天母跳蚤市場，有個小女生拿陽光彩虹麵的宣傳單前來，沒想到聊了幾句，單子底下翻開，墊的是一張反多元家庭的連署書，我一時啞然！如果這是件對的事情，為什麼要這樣偷偷摸摸？為什麼不能光明正大？臺灣幾時變成沒有反對者的法西斯了？真正的原因，是因為他們也明白正在做一件違反人權與世界潮流的事罷！因此需要舉起偽道德的大纛，指著別人下地獄，而忘了婚姻與愛的自由不但是個人意志的抉擇，也是憲法賦予保障的權力，誰有資格論斷？誰有資格阻擋？

翻開反多元成家的文宣，內容甚至不堪到與鼓勵多P，通姦，甚至倡導獸姦相提並論，彷彿家庭多元後，人類道德將退化至貓狗不如。

好奇怪的感覺，平日滿口仁義道德，大愛小愛的宗教，如今滿口通姦獸姦，竟不覺刺耳？我發誓我這輩子聽到最多次「獸姦」這字眼，就是二〇一三年十一月反多元成家遊行這時候。就像當初我聽到最多「肛交」這字眼的時候，正是臺灣初初認識愛滋的時刻。廿年過去，證實肛交不是愛滋傳染唯一管道，也非同志的天譴。而臺灣人到底當初在盲目害怕什麼？盲目指責什麼？

更不堪的，有聽說基本教義派的老闆命令全公司員工參加反同志婚姻連署的可悲例子，猶如當初X愛聯盟的卑劣手法。

在反遊行的現場，看見一位孤單的大學生手舉著自製的紙牌，上書：擔憂啊，我不知道怎麼教小孩，有人上街反對婚姻平權，同性婚姻需要社會共識？那你結婚有沒有來問過我？

不禁莞爾。

其實了解「多元家庭」一點不難，「彼亦人子」的平等心就是了，我們的老祖宗不但說過，連耶穌不也說愛你的鄰人如愛自己？

而占臺灣人口不下兩百萬的同志，不就是你我最親愛的鄰人？

♂警察，抓他！

在「日月明功」造成一青年被虐死的新聞浮現的當下，當年日本「奧姆真理教」地鐵毒氣殺人事件的記憶又浮上心頭。名導演是枝裕和後來據此拍了一部空前沉重的作品叫《距離》（distance），我初次在日本看到這部電影時的哀傷，至今仍籠罩心頭。

宗教究竟是什麼？為什麼能使人心神迷喪，行為乖失至此？

沒有人會否認每個宗教的核心都是愛，但有人處就有是非，有組織處就有眾人的私心和貪念，偏執與求取，因而遮蔽了宗教原本的大義與初衷。例如《聖經》出自人手而非上帝，人人皆知，且古有明訓：盡信書不如無書。偏偏就有人一字一句，食古不化，單看表面，奉為無上真理，搞出反同志或反多元成家等一連串愚行，叫人浩嘆。好友歐陽文風曾引諾貝爾得獎物理學家Steven Weinberg的話：「無論有沒有宗教，好人會行善事，壞人也做惡行……可是能叫好人做壞事的，那就非宗教之力不可了。」

十一月卅日反多元成家的遊行裡，我和幾位朋友手持彩虹旗前去拼場，就在人行道上，和教會策動來的一群信徒起了爭辯。

「同性戀就是被同性戀的鬼綁住了……」一位中午婦女大聲疾呼：「他們走過來了，千萬不要靠近，會被他們的靈帶走……」

「你們看，同性戀個個頭上都一團黑霧，」另一個男的指著我大叫：「果然牧師講的一點都沒有錯，真的是頭頂上一團黑霧，快，祈禱神的十字架降臨我們面前，擋住同性戀的靈……」

「是witch craft（巫術）！」居然其中有人講英文：「witch craft啊！」接著目露凶光：「別想要改變我！我是不會變成同性戀的！」

我看著這群人，心想如果他們真的要變成同性戀，那我還不如去死掉算了。

沒想到最經典的臺詞這時才要出現：「叫警察！快叫，警察為何不快抓住他們……」

我朋友這時忍不住：「我就是警察啊。」

「那你為什麼不逮捕你自己？」其中一人說出今天眾人票選第一的愚蠢臺詞：「你不知道同性戀在臺灣是違法的嗎？」

我們先是一時傻了眼，然後面面相覷，既而笑翻，最後感嘆：宗教愚民的力量可真大呵！

♂ 恐同的人在哪裡？

昨晚去超市買菜回家，發現貼在信箱上的彩虹貼紙被撕掉了。這已經是第三次。

那是年前參加多元成家遊行時得到的，上面寫著：legalize gay marriage.（同志婚合法化）

我一共拿回三張，已經全數被撕掉。

我一時間怒不可抑。

第二天下班管理員調來了監視器錄影，赫然是住樓下的讀小學約四五年級的小孩。他在下午五點半下樓，走出大門，左轉面對信箱，快速將貼紙撕掉，揉成一團丟在隔壁的信箱。整個過程俐落迅速，竟不花幾秒，難怪詢問左鄰右舍皆無人看見，因為撕貼紙的手法實在專業。

有朋友以為是小孩子頑皮，我仔細看錄影帶，發現他並非放學路過，或一時興起，而是「專程」下樓（那時間小學生早已放學回到家），只為了撕掉貼紙。撕下後立刻又轉身上樓，懂得避人耳目。

貼紙上的英文即使小學生讀得懂，也難以理解其中訴求。同志是天生還是選擇？結婚在法律上有何保障，義務和責任？婚姻是不是憲法賦予每個「人」的基本權力？

一個小學生哪能想到這麼多？

我立刻上派出所備了案，警察問：是什麼樣的貼紙？我說：同志可以結婚的貼紙。警察會心一笑：這是毀損他人財物的罪喔。

警員陪我去敲他們家的門。兩層鐵門的裏層緩緩打開了，一張臘黃略呈黑沉的中年女人的臉，馬一般長，幽暗門洞裡只見兩顆眼白，大白天卻冷氣逼人。「管理員已經告訴我了。」，說完砰地一聲把門又關上。

警察摸了摸鼻子：「有這樣的家長，孩子怎麼教？」

而只有我明白，孩子會撕貼紙，只是大人的緣故。

有直人朋友不解同志為何如此汲汲爭取權力，問：反同（homophobia）的人在哪裡？

我心想：想要知道很簡單，只需幾張貼紙，你就會發現，反同的人原來就在你身邊！

♂同志之神

二〇一二年應文化部之邀，前往德國柏林做「臺德交換作家」計劃為期一個月的交流，乘便也訪問了堪稱世界文創產業楷模的盧爾煉煤廠，在那被仔細保留下來的第一次世界大戰前的挖煤坑道裡，在工人們乘坐軌車深入地底的起點，牆上立著一尊類似聖母瑪利亞的神像，但經導遊解釋，才知道那是盧爾當地人信仰的礦區守護女神。感覺和中國東南沿海的媽祖信仰有些類似。

「原來德國除了基督信仰，也同時保留了這地區性的神祇……」我當時這樣想，也就不禁想起：我們這群飽受異性戀沙文歧視欺壓好幾世紀的同志族群，可否也能擁有自己的守護神呢？

是的，中國原有個和同志相關的「兔兒神」。根據袁枚的《子不語》，專管同性之間情緣的兔兒神原是明代因愛上巡府而遭處死的胡天保，死後在天上被封了神，專門賜福同性情人，在男風盛行的福建沿海一帶，因男性有聘請契兄契弟的風俗而頗為流行，但就神格而言，似乎比較耽於情慾的一面。究竟同志可不可以有個超越區域性而在宗教的意義上屬於全面而提昇的神祇呢？

想起上世紀八、九〇年代的臺北新公園，在那同志情慾普遍沒有出路的時代，不願出入同志場所的同志似乎只有流連夜半的公廁這條路，而受佛教影響的中國自古竟然就有一位從密教裡借來的「廁所之神」——穢積金剛。

穢積金剛顧名思義，其殊勝之處，在於其不避汙穢，曾在一次神魔大戰當中，當群魔紛紛釋出種種汙物破解了神族的清淨法力，唯有穢積金剛不畏髒汙，一人獨立打敗了群魔，而立下不朽戰功。而考其相貌，三頭六臂，髮似著火，面目威嚴，足踏風輪，乍看有如七龍珠裡的人物，青面之下卻是不折不扣的肌肉猛男。這樣的一位神祇來護佑人間同志，誰曰不宜？

而這尊神除了猛男的外型，內涵如何？

正好祂是密教裡釋迦牟尼佛的憤怒尊。

於革命仍需努力的同志們而言，該很難找到更適合的神了罷！

♂誰在邪淫？

廿一世紀大約只要稍微上道的人都不會以為同志性行為是「邪淫」。但「邪淫」兩字從何而來？從哪個觀念而來？

對了，從佛經。也從一切宗教的律典。

從一切死抱著經典而並不真正理解經典的人。

熟讀且正確理解宗教經典，並明智地剔除後人偽作的部分，並深入經典背後的特定時空文化背景，我們幾乎可以說沒有一個宗教是反同志的。

佛教誕生於氣候炎熱的北印度，加上文化上印度人本就沒有中國的禮教觀念，性相對自由許多，因此佛陀制定的在家五戒的「不邪淫」，從頭到尾就沒說清楚過，幾乎只要不引起僧團麻煩或破壞清淨修行即可。佛經裡甚至有佛陀同意在家居士嫖妓的記載，只要有付錢就不算犯戒。

而從經到律，佛陀領導僧團「因犯制戒」，比較各律典出入極大，甚至矛盾，說明了戒律的因地因時的制宜性，無怪乎佛陀臨終交待：「雜碎（小小）戒可捨。」否則真照五分律，佛教不但歧視女人，也歧視同性戀，肢體殘障者，以及長得醜的（無威儀，極醜）人。

一如某基督教長老所言，讀《聖經》可以忽略針對以色列人的部分，否則舊約裡的神不但易怒善妒，而且還會報復。而最「反同志」的《利未記》的相關章節，如果不放在當時以色列人的特殊歷史文化背景裡來理解，便難以掌握其中真正的意涵。

從中世紀歐洲教會告誡信徒「接吻時不可閉眼」（閉眼表示你有爽到），到今日教宗足登紅皮鞋，公開為鬧得過火的神父性侵男童事件道歉，人類性道德的演化早已超乎衛道人士的想像，宗教更被遠遠拋在時代的後方，只得踉蹌跟上。

日本小說家太宰治說過：和兩三個男人睡過的女人是非常汙穢不潔的，而和千個男人睡過的女人卻比處女還要純潔。

為什麼？

對何謂「邪淫」念茲在茲的人，你們想清楚了嗎？

♂ 老男人的肉體

多年前在香港看碧娜．包許，舞臺靠邊有一位年老的體操選手吃力地危顫顫地玩雙槓。

一個曾經肌肉發達，身手矯捷，但如今皮鬆肉弛，反應遲鈍的老頭。

多年來一直記得這畫面帶來的震撼。有一天，我也會成為這樣鷄皮鶴髮的老人。

記得有次門診時護士問我：「你不覺得老男人身上往往有一股味道？」

當時我立刻不自覺地嗅了嗅自己。

老，究竟是從哪一刻開始的？

讀春上村樹早期的小說，印象最深的莫過於那些年過青壯，百無聊賴的老男人，在手淫後對著鏡子端詳自己的身體。發現無論如何鍛鍊，那無可違逆地一點一滴顯現的細微轉變。

先是乳頭週圍的毛變多變粗。之後半脫落。

乳頭先脹大些後變硬，像半脫水的葡萄。之後轉暗。再塌陷些。

手腳指頭不可避免地變肥，彎折角度變小，積厚硬皮。

龜頭不再能紅潤潮溼。尤其割過包皮的。

肩膀垂墜窄縮，很少能保持年輕時寬肩窄臀的漂亮弧度。

屁股肉由渾圓而呈長型下垂。（這點曾讓「慾望城市」裡的莎曼珊失聲痛哭，不可不慎！）

肌膚普遍冰涼，不似年輕男人身體能有熱度變化。尤其耳朵。

睪丸增大變重，垂墜度增，能維持緊縮上提的時間變短少。

至於陰莖那就更不必贅言：整體縮小，灰暗，膨脹係數降低，昂立角度減少，色素卻反而淡薄。

不舉。或舉而不堅。堅而不能久。久而不射，不能射。

肌肉再練仍有一定柔軟度，且線條漸漸消失。

皮膚與皮下組織逐漸鬆離，手指可以輕易捏起一大片。

精液變少而稀，淡或無味。

舌頭尤其冰涼，無法「熱吻」。

唇躁。毛髮易斷折。

簡言之就是做愛不宜。

有些人因此「含淚反串」，由壹轉零。

但我曾經是那麼深深戀慕著老男人的肉體。任由他們的乾燥粗糙磨蹉我的細嫩油潤。

是因為他們在肉身萎頓後冒出的精神性的溫暖與溫柔吸引了我？

還是，我清楚看到我的身體正在一步一步地，也在變成一個「老男人」？

♂ 多元的系譜——從宗教到同志人權

二〇一四年三月十一日聯副刊登〈希克宗教多元論對超越的探求〉一文，對許多讀者（包括我）可謂振聾發聵，另一方面似乎也呼應了自從二〇一三年十一月卅日以來，臺灣因為右派基督教會主導的反多元成家法案的種種大動作，因而引發社會的一連串動盪反應，包括從對動員大型群眾聚會經費來源及其正當性的質疑，以至對教會內同志基督徒遭迫害的討論，在網路時代隨著牧師們的脫序言行一一曝光（包括：菩薩是淫亂的邪靈，同性戀是巫術的網羅，信上帝得鑽石並恢復處女膜，吃狗肉上天堂……等）在網路上瘋傳引發議論，甚至還上了晚間新聞，影響所及正方興未艾，而這似乎也正是檢視臺灣宗教發展亂象的一個良好時機。

希克教授巨著討論的宗教多元論（Religious Pluralism），在西方早已蔚為顯學，美國更在九一一後痛切反省，「必須視宗教思想與經驗為一個全球的連續體，它包含了全世界從古代開始至現今仍在發展的歷史中無限多樣的形式。」而基督教會（尤其美國東岸）的積極回應，則包括更多教會舉行跨宗教的活動和聚會，這對「除我之外，別無救恩」的傳統教會觀念而言，是極大的轉變和衝擊。

從哲學，文學，藝術到大眾娛樂，無論大眾自覺與否，接受與否，廿一世紀的我們事實上已經活在一個「宗教多元」的世界。當我們觀看西方科幻電影史詩《二〇一〇年太空漫遊》（Space Odyssey）時，並不知道那片尾的「星嬰」畫面，實際上是脫胎自深受印度宗教輪迴之說影響的尼采的「永劫回歸」論；而風靡全球的《駭客任務》（Matrix）更是佛家「人生如夢」的如實演譯，更不用說二〇〇九年全球賣座冠軍的《阿凡達》（Avatar）這片名便來自東方（印度教和大乘）的「三身」之說（即法身，報身及應化身）中的「化身」。

被鈴木大拙稱之為「西方佛」的西方靈學家艾曼紐．史維登堡（Emannel Swedenborg，1688-1722）所留下的大量「靈界遊記」，和佛經裡對諸「天」和「三千世界」的描述，有著驚人的類似，而其思想影響了後世諸多詩人（如布雷克），文學家（如梭羅）和學者（如威廉・詹姆斯）。受史氏影響甚深的布雷克的名句「一沙一世界，一花一天堂」所形容的，東方讀者或許看著覺得眼熟神似，因為那正是不折不扣的「華嚴世界」，也就是《華嚴經》裡所描述的：「佛土生五色莖，一花一世界，一葉一如來。」（連句式都相似）同時代的大哲學家康德都不得不對史氏的著作寫下一本《通靈者之夢》加以肯定。三百年後的今天，當我們坐在劇院中觀賞好萊塢電影《美夢成真》（what dreams may come?, 1998）時，並不知電影中主角在死後世界遊歷的場景設計，正來自史氏著作中對「靈界」的描述。

而同志人權更是檢驗各個宗教回應時代需求的試金石。天主教無視神父族群的高同志比例，多年來歷任教宗皆不改批判立場，但二〇一三年從新任教宗方濟各的嘴裡卻吐出：「如果有人是同性戀，並真心誠意尋求主，我憑什麼論斷？」這番話對許多基本教義分子有如石破天驚，卻也將天主教從一貫反同志墮胎的保守困境和長久籠罩神父的兒童性侵醜聞中解救了出來。而反觀看似對同志較寬容的佛教，由於自古以來對何謂「邪淫戒」就有不同解釋，因而在臺灣道場呈現更多樣的作法，一般而言在家同志是被接受的。

法鼓山聖嚴法師認為：「……佛經裡也有同性戀行為的記載。有人類就有同性戀了……對於同性戀，應以平等的心態來面對與接受。」佛光山星雲法師則是：自己不了解，但是仍然祝福。釋昭慧法師則力主佛弟子應大力支持同志平權。風靡西方世界的達賴喇嘛更是學得快，九七年在舊金山與同性戀佛教徒領袖座談時，他雖肯定同性戀平權運動，但還認為佛教徒應該避免。二〇〇四年則立場鬆動，表示：「作為有信仰的人，我認為必須避免……；但對於沒有信仰的人，非傳統的性愛並非是那麼尖銳的問題……」於二〇〇七年他則直接表示：「我認為這是人類追求肉體歡愉的另一個方法……追求歡愉算是違反人性嗎？我不能為其他人定義肉體歡愉是什麼。」到二〇一四年他對同志婚姻表示：「兩人同意，就沒有問題。」在對待同志這件事上還真應證了多元包容是時代所趨，連「從不會犯錯也不承認錯」的宗教，也不能不面對與有所回應。每個宗教核心的「愛」原都如此相似，而「多元」正是「一體」對不同社會議題回應的方式和呈現。時代已經走到這裡了，還堅持「菩薩是邪靈」而同志是「巫術的網羅」的宗教人士，你們已經準備好面對多元時代的來臨了嗎？

國家圖書館出版品預行編目（CIP）資料｜樓下住個GAY／陳克華著. -- 初版. -- 臺北市：二魚文化, 2016.06｜272面；21×14.8公分. --（文學花園；C139）｜ISBN 978-986-5813-80-2（平裝）｜855｜105006620

二魚文化　文學花園　C139

樓下住個GAY

作　　者　陳克華
畫　　作　陳克華
責任編輯　李亮瑩
美術設計　陳恩安 globest_2001@hotmail.com
行銷企劃　溫若涵
讀者服務　詹淑真

出 版 者　二魚文化事業有限公司
發 行 人　葉珊
地址｜116台北市文山區興隆路四段165巷61號6樓
網址｜www.2-fishes.com
電話｜02-2937-3288
傳真｜02-2234-1388
郵政劃撥帳號：19625599
劃撥戶名：二魚文化事業有限公司

法律顧問　林鈺雄律師事務所
總 經 銷　黎銘圖書有限公司
電話｜02-8990-2588
傳真｜02-2290-1658

製版印刷　彩達印刷有限公司
初版一刷　二〇一六年六月
初版三刷　二〇一八年五月
ISBN　978-986-5813-80-2
定　　價　340元

題字篆印　李蕭錕